你是我提笔不敢写下的念头

纯之作品

CHUN ZHI Works

CONFUSE LOVE

北京联合出版公司
Beijing United Publishing Co.,Ltd.

/ 纯 之 /

CONFUSE
LOVE

我们都想稍微不平凡一点

是距离产生美，连偶像也不例外。他们努力地活在书里、网络里、电视里，活在遥不可及的远方，给了普通的我们一个梦。

是梦给人幻觉，只要躺在舒适的区域，怀着向上的憧憬，就有可能在某年某月某一天靠近偶像。

是不平凡制造了偶像的光环，他们身上闪亮的特质、卓越的成就，相较于平常琐碎的人生，显得那样珍贵难得。

说到底，我们羡慕的是不平凡。

可我们常常忘记，大多数偶像在最初的最初拥有着和我们一样的普通人生，并且，我们认为的远方其实不遥远。谁不是生于人群又长于人群？地理位置上的远，其极限也不过是南北极之间的距离。

更重要的是，我们习惯忽视眼前，因为在你眼中一炮而红的偶像，会让人感到压迫、不安，甚至心生嫉妒——为什么我没能活成他的样子？

但我们心里必须要清楚，在“活得平凡”这件事情上，能责怪的人，只能是我们自己。

第一次见纯之，是在2015年的“片刻”用户见面会上，她高挑美丽，热情爱笑，带点男孩子气的直爽，她就是念书时每个班级里最受男生女生喜欢的那种姑娘。

在此之前，我们已在网上认识一年之久。

我看过她最早写的故事；了解她生活的状况；知道她有一份忙碌辛苦的工作，像大多数在这个城市寄居打拼的白领一样。除此以外，还有幸分享过她的一个愿望——辛苦归辛苦，缺觉归缺觉，但她会坚持写下去，直到有一天，这些密密麻麻的文字被付印成书，被摆在书店最显眼的地方。

两年后，她的这个愿望终于要实现了。

如果你看了接下来的这些故事，会深深地被她笔下的世界所吸引，故事里的人鲜活有趣，饱满而充满力量。这是实实在在的生活给予她的养料，绝非那些闭门造车之物可以比拟。

而她本人，也许就是下一个偶像。

我们大多数人所知道的只是眼前的事、已经发生的事。当看到远方又站出来一个不平凡的、带有光环的、才华横溢的姑娘时，好像一场新的美梦也同时开始——也许有一天，我也会变成她这样。

可我们不要忘了，她不在远方，她就在我们身边。

她让自己的人生变得不平凡，并不是因为她只做美梦，而是因为在无数个我们看不到的深夜，她在用一字一句，添砖加瓦一般，将这个梦筑成了现实。

我们都想变得稍微不平凡一点，是这个念头让我们对生活有了期待，但期待这件事，不经行动，就永远只是期待。我们和偶像之间，差的不只是一个梦。

谁人不懂这个道理呢？都懂。可越是明白的东西，越容易被我们忽视，因为它直截了当，不容转圜，可人的耳根子生性偏软。念书时学过那么多定律，到现在你能记得多少？记不住的原因并不是它不对，相反，它太对了，对到好像与你无关。

所以，当我们动了想要变得更好的念头时，请问自己一声，准备好要为此付出代价了吗？

我想，纯之早就准备好了，并且出发已久。

"片刻"APP总编、话剧演员　树上有云

目 录
CONTENTS

目 录
CONTENTS

最不擅长的告别

蔡美慧欠我2000元钱，我今天打算要回来。

中午12点半，我刚吃完午饭，坐在凳子上拿着手机给她发了一条信息：“你现在有钱吗？能还我吗？就算不能全部还我，还我一部分也行，可以吗？我身上没有钱了。”

本来还想说点别的什么，比如我饭都吃不起了，过几天还得交工作服的押金，都工作了总不至于还向家里要钱啊等等的说辞，但是我没发。

随手抽了张纸巾胡乱地擦了一下嘴，我就又去上班了。

我在一家商场里卖金条——不是金饰，是很多种长方形、正方形上面画着图案的金砖，有动物造型的、如意造型的、核桃造型的等等。还有等同于10~1000克黄金的金券，主要卖给某些想靠黄金增值赚钱而做储备的人，还有送礼的人，当然还有一些可能就是闲着没事想买着玩的人，也可能还有人出于其他目的而购买。

我穿的黑色高跟鞋只有三厘米高，可还是穿得我的脚很疼，是那种撕心裂肺的疼，前脚掌快要一寸寸地裂开了，偶尔还有点火辣辣的感觉，脚指头冰凉，透过鞋面仿佛都能看到我涂着红色指甲油泛着青紫色的脚指头，哎哟，真是可怜。我对着空中吹了吹气，虽然并没有吹到脚指头上，但是脚指头好像还真的感觉到了。

站了不到一个小时，我借故去上厕所，拿起手机就跑去了。蹲在马桶上，点上一根烟，我嘶嘶哈哈地吐着嘴里的气，然后脱掉鞋子轻轻地、温柔地按摩我的前脚掌。我看到手机上有一条未读信息，是蔡美慧发给我的：“我最近也很紧张，你等我两天好不好？我老公说这几天就发工资，等他发了工资我就给你。”

她以前也是这么忽悠我的，不是说父母快给钱了，就是等第二天还给我，然后是不再联系我，或者不回我信息，再不然就当这件事没发生过，还说什么“你是我最好的朋友了，从小到大我都只把你当作我最好的朋友，虽然我和别人也聊得来，但就是感觉他们没有你贴心，就是感觉没有和你在一起舒服”的话。

我回她：“那500有吗？500也行啊！我真是没钱了，有钱我能管你要吗？”

我坐在马桶上一口一口地抽着烟，等着她回短信。

大约过了五分钟，她才回我：“200行吗？我就这么多了。”

我立刻把卡号发过去了。这么多年了，终于见到回头钱了，虽然这钱原本就是我的。

回到柜台的时候，我看见对面卖ENZO的小姑娘正在和隔壁周生生柜台的刘潇潇聊天，聊的是怎么就是找不到好男人：“哎，你知道吗，吕亚楠今天又换了一个人来接她。那男的长得真是太丑了，一脸痘，密密麻麻的，可吓人了，长得还特别黑，但就是有钱，开着宝马X5来接她的。你没看到吕亚楠那个娇滴滴的样子哟，真受不了。”

刘潇潇刚要开口，我就凑过去说：“对对对，每次一看到她那个样子，我在她背后都恶心得化成血水了。上次那个江诗丹顿呢？那个长得还行，就是个子矮点。”

刘潇潇终于插上话了：“是矮一点吗？一米五九非说成一米六五的人，能叫矮一点吗？”

ENZO 的小姑娘一脸惊愕：“还有江诗丹顿呢？我怎么不知道？”

“当然，那天你休息，那男的一来，就把一个江诗丹顿的袋子递给吕亚楠，说是别人托他送给他妈的，反正他妈也不缺表戴，就送给她好了。”刘潇潇一脸咬牙切齿的样子。但是我觉得吧，她心里和我一样，嫉妒得要死，就算不可能真的答应对方，但有一打这样的男人追着，有什么不好的？美着呢。

“唉，谁让人家长得好看呢！皮肤又好又白，一个毛孔都看不到，眼睛又大，脸又小，还特别瘦，怎么吃都不胖，你说你不嫉妒？对了，沈君好，你上次不是说有一个面膜特别好用吗？晚上把网址发给我，我也买点。”刘潇潇一边说着，一边捶打我。

“行啊，你把你那个蔬菜汁的网址也发给我。我最近胖了好多，长了 15 斤肉呢，脸都圆了。”我摸着自己脸说。

“你再减也是那么胖，没用的。你能管住嘴吗？你能不吃吗？说起吃饭来，你跑得最快，筷子动的频率最高。”刘潇潇继续挤对我。ENZO 的那个小姑娘因为自己家柜台来人了，就回去了。我看见商场一楼的主管来了，也赶紧跑回柜台。这可不得了，要是被她逮到了，少说 200 元钱又没了。我一个月才挣多少钱啊。

今天运气特别不好，一直到晚上10点下班时都没有几个客人，总共才四个。有一个老大爷在这儿摸了半个小时金核桃，和我套近乎，说以前他们家在“文革”的时候被抄走了不少好东西，其中有一对极品核桃，说那俩核桃长得一模一样，神了！其实我看出来了，这些说辞都是忽悠我的，他就是想多玩一会儿核桃，可我又不能撵他走。还有两个是一对年轻的小夫妻，看了我柜台里的东西一眼，连价格都没问就走了。最后一个是穿着皮草的女人，她直接朝我走来，问了一句：“请问洗手间在什么地方？”我随手一指之后，她也走了。然后我一个人孤零零地站在柜台里，看着ENZO的小姑娘和刘潇潇忙得热火朝天，眼睛都红了。实在看不下去的时候，我就去厕所抽根烟，顺便看看手机里有没有短信提醒我200元钱到账了。

很可惜，一直等到下班也没有收到银行发给我的短信。

晚上回家之后，我蜷缩在被子里，抓着两个半麻感觉的前脚掌找了一部电影看，电影的名字叫《爱》。我刚看到郭采洁哭着从梦里醒来，马上就要被钮承泽抱在怀里了，突然电脑的屏幕和屋子里的灯都灭了，我嗷的一声吓得跳起来，才发现是断电了。

我打开门看到楼道里的声控灯亮着，我家的电表红灯映出“0”的字样。是没电费了。

我凄凄惨惨地躲回被窝，开始翻通讯录，筛选着能借给我钱的人。最后筛选出五个人，当然这里面不包括我爸妈，然后开始群发信息：“你现在能借我点钱吗？真不好意思，这么晚打扰你了。”

然后我就老老实实地坐在床上等着，眼睛死死地盯着手机。等了一会儿，又给蔡美慧发了一条信息：“我这儿都断粮了，家里电都停了，你几点能给我打过钱来啊？”

然后又是等着。

刘潇潇先回我的，说是她也没钱了，还得马上交房租。

还有一个朋友也回了信息，说正在外地出差呢，路不熟，找不到银行——说得挺委婉的，我也没好意思说：“你用手机查一下啊，附近肯定有银行的。”

其他三个人都没回我。

零点的时候，我又看了一眼手机，还是没有人回我。我一个人躲在被子里哭了。

我打开通讯录看着我爸妈的电话号码，眼泪就那么流出来了。我不想哭出声，不想哭给自己听，就让眼泪流着。可是鼻子里越来越堵，我都快呼吸不到空气了，才把嘴张开。

屋子里都是大口大口的喘息声，还有呜咽。

从小到大我哪吃过这个苦啊，哪次回家不是吃着热乎乎的饭菜啊！我妈总怕我吃得少，一边看着我的圆脸，一边给我夹菜，还都是我喜欢吃的。我爸总趁我妈不注意的时候偷偷给我钱——300元、500元，还害怕被我妈发现，每次塞完钱，都大口地喝一口白酒来遮掩通红的脸。

我想家。

父母省吃俭用供我上大学。前几天爸爸查出心肌梗死，被送进医院，妈妈每天又上班又照顾我爸，我一打电话过去，她就说："没事，家里都好，不用担心。"可我能不担心吗?

我上大学那会儿，总觉得等我毕业了，我就找一个特别厉害的工作，然后月薪最好5000+，每个月我都给我妈打回去3000，好让她在家里炫耀炫耀。然后一年以后升主管，争取五年之内攒钱买个房子，把我爸妈都接过来住。

结果实习以后，找了好几家公司，都不合适。太好的公司需要经验，我没有；一般的公司工资太低，试用期的工资基本等于0，我不愿意去；保险那类的工作我又做不来。

结果在家待了半年多，最后还是咬牙自己跑到离家不远的大城市找工作。就是在钱马上要花完的时候，我抱着"死就死吧"的心态，走进了商场，当了导购。

谁知道当导购还要办健康证和上岗证什么的，工作服也要押金，我把我妈刚给我打来的钱都花得差不多了，哪里还好意思再要啊。

凌晨1点的时候，我饿得实在难受，一遍遍地翻着通讯录，最后给吕亚楠发了个信息："你能借我点钱吗？"

"你要多少？"

“200，200就行。”

“你在哪儿？我给你送去。”

我飞速地打着我家的地址，给她发了过去。

十五分钟以后，她给我发了个信息，说：“下楼。”

我穿着睡衣裹了件羽绒服，直接穿着拖鞋就跑下去了。在楼下看见吕亚楠穿着一件特别薄的风衣等在我家楼下，旁边停着宝马X5。

“给。”她掏出500元钱，又把手里的一个饭盒和一大瓶可乐给了我，“没吃饭呢吧，这是我刚买的蒸饺，就在拐角那家买的。”

我拿着东西不知所措，嗫嗫嚅嚅的，不知道该说什么。

“出来不容易，我知道的。最近总看见你吃炒饭，就知道你没钱了。你先拿着用吧，什么时候有，什么时候给我。”说完，她朝我挥挥手，就走了。

我木木地目送着她，好半天才想起来，可不能让蒸饺凉了，然后就急匆匆地跑了回去。

第二天，蔡美慧在我的再三催促下，给我打了200元钱，我也开始有意无意地和吕亚楠走得很近。在我终于每天和吕亚楠说说笑笑，并且开始下班之后给吕亚楠递飞吻的时候，我听见刘潇潇和ENZO的小姑娘说：“还当人家是好朋友呢，不就是想跟着混吃混喝嘛。那些男人哪能看上她啊？她往人家身边一站，比绿叶都不如，就是泥巴。”

我没搭理她俩，她俩懂什么？

一个月后，蔡美慧给我发了一条信息，说是她老公出差了，她前一天把钱包弄丢了，问我什么时候发工资，能不能借她500元钱。我说：“我没有，我最近也很穷。”她又发了一条信息给我说，是不是觉得和她交朋友很没意思，最近怎么都不找她。我说：“没有，最近工作忙，现在也挺忙的，等下班再聊。”然后就没再搭理她，下班之后也没搭理她。

晚上下班之后，我给我爸打了个电话，问他身体好点没。他说：“爸没事，爸身体好，每天早上还出去打打拳什么的。”我嘿嘿笑着没说话。接着他又说：“君好啊，在外面累了就回来，不想上班，咱们就不上了，爸养你，爸有钱。”我支吾着说手机马上就没电了，就把电话挂了，然后蹲在地上哭了起来。吕亚楠拽起满脸鼻涕眼泪的我，一只手就把我塞进宝马X5里了。

吕亚楠是个好姑娘，只是她爸妈比较有钱而已，只是这段时间她离家出走了而已。

上一次我叫吕亚楠来我家吃饭，她看着我家摇摇摆摆已经向左倾斜70°的简易衣柜，抬起一脚就把它踹倒在地。我端着一盘红烧肉站在门口不知所措，我的天！

我那小衣柜高一米五，长一米，外面套着的是浅粉色的带着绿色Hello Kitty的小花。虽然浅粉色已经看不太出来了，它已经摇摇摆摆的，上次我在家看电影时它突然自己倒了，吓了我一跳，但是那也是我的——我唯一的衣柜呀。

我愣愣地看着吕亚楠："它怎么对不起你了？"

吕亚楠轻轻地看了我一眼，说："太丑了，受不了。我给你换个新的吧，反正这也要坏了。"

我没说话，乖乖地把红烧肉端到我那简易的小桌子上。我的简易小桌子也是绿色的，不过是绿色的条纹图案。我看了它一眼，回头和吕亚楠说："桌子你先放过吧，咱们先吃饭。"

她坐下来吃饭的时候，我才的的确确生气了。

她吃红烧肉就喜欢吃肥肉多、瘦肉少且肥瘦相间的，而且那肥肉必须是十分绵软的，如果稍微有一点硬，她轻轻咬一口之后，就不吃了。被嫌弃的红烧肉就好像在她的碗前面的桌子上放声大哭。

我默默地吃着，默默地看着她的小细腰，默默地看看她细细的小腿和尖尖的下巴，再低头看看我的腿，结果没看到，因为我先被自己圈中圈的肚子吸引了视线。

接着我吃饭更拼命了，筷子都被我咬得嘎吱嘎吱地响。

吃完饭，她慢慢地擦了一下嘴，喝了一口凉白开，然后对我说："君好，你吃那么多会胖死的！"

我恨恨地盯着她的眼睛。因为嘴巴里还有好多肉，我怕一说话会喷出来，就使劲地嚼着，争取快点咽下去好再反击她。

她又轻轻地说了一句："你做得很好吃。我好多年没吃过了，一直在减肥。"

咽得太急了，我脸都红了，眼泪也憋出来了。好不容易咽下去了，我冲口而出就是："你减肥还吃那么多，我不减肥都没你吃得多。"

她把不再吃的红烧肉找个小袋子装了起来："你做的我才吃，我很久没吃过了。"装好肉之后，又加了一句，"要不然我才不吃呢。"

我感动得要命，抱着她亲了好几口，被她嫌弃地瞪了好几眼。但是我不在乎。

过了好几天，吕亚楠也没送我新的衣柜，我的衣服就静静地被放在角落里接灰尘。

我每天还是继续卖金条。由于我们的工资是绩效工资，也就是提成，我卖得多就挣得多。想要比别人挣得多，我就要勤快，还得嘴巴甜，争取顾客这次不在我这儿买，下次可以在我儿这买，要不然被同事抢走了，我又要肉疼好几天。

我站在柜台里，看着远处发呆，一切都朦朦胧胧的，我也不清楚我想的是什么。这时走来一个老大爷。有一个和我同一时间上班的姑娘叫杜萌，她看见对方是个老大爷，还穿着一双黑色的布鞋，就没搭理他，使劲地用毛巾擦着柜台。

“姑娘，这个多少钱？”我回头看见老大爷用手指着柜台里的一个金如意问我。

我走过去刚要说话，杜萌头都没抬，就说：“28800。”老大爷看了她一眼，没说话。

然后老大爷走到我面前，又指了指我柜台前面的金条问：“这个呢？”

我说：“这个如意比那个小一点，是20800的。您别看它小，其实工艺很好的，您看这个花纹。”我怕他看不清楚，又问他，“要不然我给您拿出来看看？”

大爷看着我笑着说：“不用了，我眼神不好，就问问。”然后就没再说话，看了一圈就走了。

我看了一眼周围，发现杜萌跑到周生生柜台那儿去找刘潇潇了。我喊她：“杜萌，你看一下柜台，我去一下厕所。”杜萌不情不愿地回来了。我挪动着已经疼得发麻的双脚，拿着一根烟蹒跚地向洗手间走去。

我知道，自从我和吕亚楠关系变好以后，杜萌和刘潇潇就特别看不上我，但是我不解释，这种事情，怎么解释得清楚？这个世界上所有的看不顺眼，把自己放在敌对的位置上，都是因为不了解和嫉妒。

我在厕所坐了十分钟，出来的时候看见一楼保洁阿姨坐在洗手台上抽烟。我心想，这个阿姨一定是新来的，一会儿主管来了，她一定会被骂得很惨。

还没走到柜台，就看见杜萌脸色通红地站在柜台里面，柜台前面站着刚才那个老大爷，还有一个中年男人。

我回到柜台里面，走过去偷偷地问杜萌："怎么了？"

那个老大爷先开口了："我要和这个小姑娘买，不和她买。"说完还指了指杜萌。杜萌气呼呼地瞪着我，然后扭头就走了。

老大爷旁边的中年男人是他儿子，笑呵呵地看着我，没说话。但是我看见了，他穿的衣服好贵，表也好贵，虽然我不知道它们都值多少钱，但是我看得懂牌子啊。

"这两对金核桃我要了，还有这个大的如意。爸，你看还需要买什么？"

我心里立刻就乐开了花，但是不能笑得太殷勤。

"再来个金佛吧，你姑姑喜欢这个。"老大爷点了点最大的那个金佛。我当时差点被自己咽下的口水呛到。

老大爷又说："小姑娘，我前段时间就来看过这个金核桃，你还记得我吗？"

我当时脸就红了，小声地说着："记得。"然后想起来，我前几天还腹诽过他呢。做人呀，最重要的是笑脸相迎。

最后，老大爷一共在我这买了20多万的金制品，笑呵呵地和他儿子走了。他们走了，杜萌才回来，一句话都没和我说，就开始清点柜台里的货物，好像害怕我把东西弄丢的样子。

她刚清点完，老大爷又回来了。我的心一顿狂跳，好害怕他后悔了，退一两件东西回来。“小姑娘，这是刚才我儿子抽奖抽到的，送你了。”

我低头一看，是一个免费美甲券。“谢谢”两个字我还没有说完，老大爷就走了。

这时候刘潇潇过来了，拉着杜萌在一边说话，声音不高不低的，但是我还是能听到：“现在人家运势好。”“和有钱人做朋友、套近乎是她的强项。”“你嫉妒，你嫉妒不来啊。除非你也笑得谄媚一点，就什么都有了。”“我可学不来。”

我气得肺都要炸了。刚要冲过去理论，就看见吕亚楠也过来了，笑着对我说：“中午我请你吃饭，咱俩去吃牛排。牛排可贵了，一般打工的可吃不起。”然后施施然地就走了。

我笑得肠子都要抽筋了。

晚上下班回家，刚脱了袜子，打好热水把脚泡进去，就听见“咚咚咚”有人敲门。

我打开门一看，是蔡美慧。

她进屋以后，我就看见她脚上穿着一双乔丹，好像是新买的。

她进门就抱着我哭："君好，君好，我想和他离婚。"

我拉过她，看她眼睛红红的，心疼得不行，抱着她说："没事，有我呢。你和我说说，怎么啦？"

蔡美慧抽抽搭搭地也说不出一个完整的句子。我拉过她问她吃没吃饭，她点头表示吃过了。我就拉过她坐在床上，安慰她，她掉一滴眼泪，我给她递一张面巾纸。

蔡美慧和她老公吵架了。他们俩今天晚上去吃饭，蔡美慧的老公说："你看你现在那么胖，还吃那么多，你会肥死的。"蔡美慧最近也有点不开心，当时就炸了："那你去找好看的啊！你以前的女朋友都好看都瘦？"然后两人就莫名其妙地吵起来了。

我听得直叹气，又不知道说什么，给她老公发了个信息说"她在我这儿呢"，就拉过她睡觉了。

半夜我好像听见蔡美慧抽抽搭搭得在打电话，我太困了，不清醒，又睡了。

第二天蔡美慧就回家了，走之前还从我这儿借走50元钱，说是要打车回家，她出来得太急了，没带钱。等把钱拿给她，我就后悔了，恨不得抽自己俩大嘴巴，但是我忍住了，笑脸送走了她。

我以为蔡美慧回家了，结果她是回家收拾了行李搬到我这儿来了。

我的天，不就是说她胖了吗？至于吗？我都被人说了好多年了，我也每天笑嘻嘻的，看我多随和。

蔡美慧来了之后，我家更挤了。挤到什么程度呢？我的化妆品瓶子们集体站在窗台的一角，窗台的其他地方是蔡美慧的化妆品瓶子。我家只有窗台能放化妆品。

蔡美慧来了，我挺开心的，她给了我300元钱，说是借宿费，不能让我太亏啊之类的。我拉着她就去楼下的烧烤店里点了20个羊肉串、10个烤腰子、两瓶啤酒，外加一盘小凉菜——拍黄瓜。

“君好，你怎么还是不谈恋爱呢？找个男人吧，没有男人，你吃什么烤腰子呢？太补了的话，晚上睡不着。”蔡美慧轻轻地拿着纸巾擦着签子的顶端。

“我管它补什么，好吃，好吃，好吃才是妈妈啊，才会哭着喊着找它啊！美慧，我前几天开了一个大单，卖了好几块金子。”我得意扬扬地摇着羊肉串，乐得嘴巴都合不上了。

“那能发不少钱啊，到时候咱们去海边吧！你请几天假，好不好？”蔡美慧笑眯眯地看着我，一小口一小口地吃着羊肉串。

“咳咳咳咳，我也不知道啊，到时候发了才知道呢！”我忘了不能在蔡美慧这儿露富了，要不然我又得搭上一笔钱，虽然我还不能预见是什么途径和方法、我又会给她多少钱，但是一定少不了。不行，我发了工资就给我妈妈寄回去，让她先帮我存着。银行卡是没有我妈妈保险的！

“咱俩去拍一套闺密照片吧，我特别想和你拍一组！我最近看见好多好看的闺密照，你看这个。”她一边说着，一边把手机拿出来给我看图片。看得我心怦怦跳，好帅啊，还有闺密装。可是我这肚子怎么办啊？

“也不贵，才几百块，咱俩团一个吧。”她继续说着。我突然摸摸钱包，不知道该说什么，就听着她描绘着穿什么、摆什么姿势，然后跟着哈哈哈地笑。

可能是我敏感了。这么多年的朋友了，几乎从小学开始就是同班同学。那时候我特别喜欢她，总是会有很多人喜欢她。也不知道每天她的书包里都装着什么东西，我和别的女孩子集卡片的时候，她就拿出几根五彩绳和小珠子编手链。我们看着好看，就争着抢着问：“怎么编啊？真好看，你教教我。”我们都编手链、编指环的时候，她说：“我取了英文名字，叫玛丽莲・梦露，以后你们叫我梦露。”我们就又开始打听玛丽莲・梦露是谁。那时候网络还没有那么普及，听周杰伦的歌还是听姐姐的磁带。

我小时候特别想要一个拥有全部套装的芭比娃娃，因为蔡美慧有好几个，衣服都特别漂亮，每次去她家玩，她都一个个地和我介绍它们的名字，并且加入我们的所有游戏，还会学它们说话。一年之后，一个姐姐送我一套二手的芭比娃娃，我欢喜地想拿给蔡美慧看，她却已经开始玩哆啦A梦和樱桃小丸子了。

我不知道最后我是怎么突破重重的考验当上蔡美慧的闺密的，并且与她交往了这么多年都没有断了联系。我想过很多次，最后觉得我应该是喜欢一切美好的、未知的东西，我喜欢她带着的光，虽然我不知道那光那么美是好的还是坏的，可我喜欢光，所以我就追着光去了。

吃完烤串到家都晚上10点多了，我俩喝得醉醺醺的，东摇西晃。进屋之后，蔡美慧慢慢地脱下了她的鞋，我看了一眼，是那双乔丹。

“你老公给你买的？”我又仔细看了一眼鞋。真好看，我也要买一双乔丹！

“前几天买的，花了我2000多呢！”她说完就晃悠着进屋了。

我站在门口，哆嗦了一下，酒醒了。妈的，你有钱却不还我？但是我还是没敢问她。我不知道自己是胆子小还是真的怕我们再也做不了朋友了，也可能是我狠不下心自己当坏人吧，总想着，如果伤害的话从她的嘴里说出来，我就轻松了。

半夜我俩对坐着抽烟，聊了大半夜还不想睡觉，我不知道都和她说了什么，好像又回到了小时候，她那么亮，她的光照着我。

第二天是晚班，所以我上午就没打算早起，躲在被窝里酣畅地睡着，口水没流出来，梦做了不少。

“丁零丁零……”

哪个烦人的给我打电话啊？挂掉！

我被手机铃声吵醒了，但还是不愿意睁开眼睛，摸出手机刚想按“拒绝”键，就看见吕亚楠的名字出现在了屏幕上，我腾地一下就坐了起来。

“喂。”我还是很困。

“开门，我敲了好久了。你要是没在家也给我马上回来，我拿衣柜来了。”吕亚楠的声音真好听，话的内容我也喜欢。

我蹦蹦跳跳地起床去开门。开门之后又突然关上了，外面还有男人，我只穿了个短袖，没穿内衣！

“你等我两分钟，就两分钟！”我慌忙地喊着，去床上使劲地拍醒了蔡美慧，然后穿好衣服就开了门。

吕亚楠和一个男生一起来的。那男生笑着和我打招呼，我尴尬地和他打着招呼，手还在空中摇着，吕亚楠就一把拉过我的手，把我拉进了屋子。进屋之后，她看见有一个陌生的女人，明显反应不过来了。

“你……你喜欢女人？”她的瓜子脸真好看，这么说话的时候，就算是惊愕的表情也和拍电视剧似的。

“我朋友，暂时过来住几天。”我坦然地解释着。

“哦，我给你带新的衣柜来了。我看你这地方不大，就给你拿了个小的。刚才逛街的时候突然想起来了，就给你买了一个。”吕亚楠把一个深蓝色的简易衣柜拿给了我，让我自己安装，然后就在椅子上喝自己包里的矿泉水。

这时，蔡美慧从洗手间出来，已经把脸洗好了，看着我，说：“介绍一下？”

“哦，这是蔡美慧，从小跟我一起长大的朋友。这是吕亚楠，我商场的同事。”我最不会这种场面话了，介绍得真尴尬啊。

“你好，我听君好说起过你。”这是蔡美慧主动说的。

“嗯。我也见过你。”吕亚楠轻轻地说着。

“是吗？”蔡美慧好像很高兴。

“嗯，上次在Cindy Baby的时候，杜远带你和我们玩过。”Cindy Baby是我们这儿的一家夜店，蔡美慧没结婚之前我们一起去过。而杜远是蔡美慧曾经很喜欢的男朋友。

“是吗？我不记得了。”蔡美慧还是笑着。

这时，那个和吕亚楠一起来的男人喊吕亚楠说“该走了”。吕亚楠就背着小包，和我说了句“再见”就走了。

她走了以后，蔡美慧拉着我说：“你们商场有这种‘白富美’？

上次我见过她，听说她爸爸特别有钱，她和杜远是好朋友。杜远家里就挺有钱的，杜远都说她家有钱，那她家一定很有钱。”

“嗯，一起上班，关系还不错。”我不知道该说什么。

“挺好的，你这样我也放心了。”蔡美慧坐到窗台前面去化妆了。

“你和杜远是怎么回事？你都结婚了。”我突然反应过来，转头问她。

“上次他来找我了，我们一起吃了个饭。”她一边化妆一边说。

“还去夜店？不会是想旧情复燃吧？你都结婚了。”我惊讶地说。

“他说他忘不了我，我也挺怀念那段时光的。哎，君好，我，出轨了，还被我老公知道了。他不想离婚，可是我想。”她把眉笔放在窗台上，没有回头。

“你别这么傻了，行不行？你老公对你多好啊！”我都羡慕的得很。

“我知道，所以我来你这儿静一静。”她又叹了口气。

我没说话。原来她说的吵架是骗我的，我还傻傻地给他老公发短信。

我安装好衣柜，把衣服都摆在里面之后，一看时间到了，我该去上班了，就走了。蔡美慧也说下午有事情，晚上见。

我刚到商场，做好交接，继续发呆，想着蔡美慧该怎么办、我该怎么劝她，吕亚楠就来了。

“君好，我想和你说件事。”吕亚楠的声音轻轻的，好像有点远。

“好啊，你说。”

“你那个朋友，就是上次没还你钱的那个吧？”她看着我。

“嗯。”

“她人不怎么好。你这么单纯，别总是被人利用。”她的眼睛特别亮，“杜远是我爸朋友的儿子，我俩一起长大的。他和我说，他以前的一个女朋友不知道怎么找到他的手机号，半夜给他打了一个电话，说是很想他，想见见他。杜远就见了，反正他也不吃亏。结果那个女人就说忘不了他。杜远没想到，上床之后，这女的总给他发信息，他就喊我们一起去夜店，顺便找了我的几个朋友帮他挡一下，给那个女人看看。今天我才知道，她是你朋友。”

我脑子有点不好使了。

“刚才我和杜远还在一起呢。杜远你也见过，上次我给你买蒸饺的那天，开车送我的就是杜远。”

我仔细想了一下，我没仔细看啊。

“杜远刚才和我说，你朋友又给他打电话了，还说她老公不要她了，最近住在朋友家，也很辛苦，总觉得寄人篱下。”她说完，看了看我。

我脑子轰地一下，炸了，心想：“蔡美慧，我对你不好吗？朋友什么的，是假的吗？”

抽烟也是会醉的，醉了之后很难受，不是天旋地转，而是恶心。

我站在我家楼下，看着我家的灯亮着，怎么都不想上去。我在楼下连续抽了五根烟，然后就吐了，吐到小卖店门前的树下面，差一点连酸水都吐出来了。

我胆子真的是太小了，我不知道怎么上去，不知道不该质问蔡美慧。

吕亚楠和我说完了之后，我虽然有一段时间晕晕的，但还是在心里替蔡美慧开脱。如果她真的喜欢杜远呢？和不喜欢的人结婚是不幸福的吧！虽然她老公很可怜，可万一她只是想留住她爱的人呢？如果我爱一个人，是不是也会这么想方设法跟他在一起？可我越是替她开脱，越是难受。那我算什么？是朋友吧！是朋友吗？

我狠狠地踩灭地上的烟头，刚踩灭烟头准备上楼，想着鼓起勇气，怕什么，怕什么？但又蔫儿了。算了，不要问了。

马上就到了，我拿出钥匙准备开门，却看到一个男人站在我家门前，蔡美慧开着门和他面对面默默地站着。

看见我上楼，蔡美慧笑了，笑得有些落寞："君好，这是杜远。杜远，这就是君好。"

我看了那个男人一眼，就马上低下了头，闷闷地打着招呼："你好。"然后我就准备进屋了，留空间给他们俩，我不想知道发生了什么事。

还没等进到屋里，杜远就拉住了我："咦，是你啊，我说这地方怎么这么熟悉。"

"你……你好。哈哈。"他想干什么啊？

"上次楠楠给你拿的蒸饺好吃吗？你也真行，半夜12点给她发短信。幸亏我俩在一起呢，她就非让我先送她去一个地方，就是为了给你送点吃的。"他笑着说的，弯弯的眼角很好看。

"哦，谢谢你啊。"我脑子明显不够用。你和我说这个干吗？还当着蔡美慧的面。我猛地转过头想和蔡美慧解释一下，结果还没开口，杜远就又开始说话了。

"美慧，你先好好休息，我走了。既然你朋友回来了，我估计也没什么事了。对了，美女。"他说着就把头转向了我，"你照顾一下美慧，刚才她有点不舒服，说你在上班。现在你回来了，你好好照顾照顾她，我先走了。"

说完，他笑着拍了拍蔡美慧的头，就转身下楼了。我木木地进了屋，想着怎么和蔡美慧解释。

“他和吕亚楠是……上次还和我说只是朋友！”我听蔡美慧的声音有点颤抖，回头看她才发现她还看着门外，哭得稀里哗啦的。

“吕亚楠也说只是朋友，你别多心。”我都没多想，就说了出来，说完我就后悔了，让她死心不好吗？

“君好，我是不是很贱啊？”蔡美慧慢慢地把门关上，慢慢地走进屋，一下子跌坐在床上，突然冒出这句话。

我看她眼神直直的，又看看地上五六个啤酒瓶，才知道，她不是不舒服，就是喝多了。

“君好，我下午去他们公司门口等他，想说‘这么巧啊，我们又见面啦’。可我却看到他和吕亚楠一起出来，胳膊还放在吕亚楠的肩上，说说笑笑地开着车就走了。君好，我难受！”说着话，眼泪也像絮絮的话语，一串串地落下来。

我心疼得不行，一把抱过蔡美慧。

“君好，我老公对我很好。昨天他出差了，他出差的地方下大雨，还打很大的雷。他半夜睡得迷迷糊糊的被吵醒了，还给我打电话说：‘宝宝，打雷了，你不要害怕，不要害怕，害怕了就起来戴耳机听歌，就听不见打雷了。’我一个人躲在厕所里哭了好久，我是不是很坏？”蔡美慧明显是喝多了，我感觉得到。

“可是，君好，我不服气，我不服气。为什么那些女人都过得比我好，我比她们差在哪儿呢？”她断断续续地说着，我不知道该说什么，只能不断地拍着她的背。

“君好，我前段时间无意间看到了杜远的手机号，就给他发了短信，我是不是贱？可是我想他啊，我真的想他！我特别想念我们俩在学校的时候，一起坐在运动场的看台上，看着下面的人跑步的跑步、踢球的踢球，他抽着烟，说着些冷笑话。君好，那时候的我可真傻，什么都不懂。”

“美慧，别想了，哪有能回去的过去呢？哪有那么多如意的事情？”唉，她是蔡美慧啊，我的蔡美慧啊。算了，她做什么都好，都好。唉，欠我的钱，我也不要了。

其实我还是介意的吧，其实我还是最喜欢钱的吧，这个时候居然还在想是钱重要还是朋友重要。

这时，蔡美慧的手机响了，她“嗯嗯啊啊”地接着电话，然后就哭了起来，哭着哭着就睡着了。我拿起来一看，是她老公打的电话，随手挂掉了。然后坐在屋里发呆，看见还剩几瓶啤酒，我就拿了一瓶喝起来。

我可能喝了三瓶，突然想出去吹吹冷风，就下了楼。

大街上可真是冷清啊，一个人都没有。一只野猫从路边跑过去，我就去追它。刚跑几步，就左脚绊右脚摔倒了。

好疼，膝盖可能破了。我站起来拍拍裤腿，坐在路边，脑袋晕晕的，就给吕亚楠打了个电话。

“喂。”

“你大半夜的不睡觉，干什么呢？”

“我在路边坐着吹风。”好冷。

“你说什么？”她那边好像很吵。

“我说我坐在路边吹风，我坐在路边吹风。”我大喊，生怕她听不见，结果我看见对面楼道的声控灯都亮了。

“你要吓死我啊！你来找我吧，我在爵色唱歌呢！306房啊，快来。”说完，她就把电话挂了。

我摇摇晃晃的，站在冷风中，突然清醒了一点。真是的，我出来干什么啊，我给吕亚楠打电话干什么？傻吧！

可我还是去了爵色。

包房里有好多人，杜远也在，戴了顶大大的鸭舌帽坐在角落，不知道在干什么。

吕亚楠拉着我的手到她身边坐下。她的手可真暖啊！

“你大半夜的在路边晃荡什么啊？”一边说还不忘招呼朋友点歌。

音乐响起来了，我听到前奏，就和吕亚楠说：“你等我一下，我先唱个歌。”抢麦克风的时候，发现是杜远拿着麦克风，我也没管，一把抢了过来。

“风吹雨成花，时间追不上白马……”我破音了好几次，可还是一直唱，一直唱。当我唱到“你曾说过不分离，要一直一直在一起，现在我想问问你，是否只是童言无忌”的时候，我哭得一塌糊涂，把麦克风塞到杜远手里，略过他嫌弃的眼神，扑到吕亚楠怀里。

“亚楠，我是不是很失败？为什么朋友变得那么快呢，变得我都不认识了？可是我还是什么都不敢说，什么都不敢问。当初是那么好那么好的朋友，现在怎么变成这个样子了呢？还有，还有，我一个大学生，却什么都不会做，只能站柜台，站柜台我都站不好。”

我醉了，就是觉得心里苦。

小时候我妈妈和我说：“你长大了就会懂得。”可是我到现在都不是很适应。妈妈说：“长大了你就知道了，朋友是多么难得，不是你现在的感觉，不是你觉得一起笑就是好的，不是哭就是苦的。”

世界太大了，和我想的一点也不一样，我以前总是觉得做好的事就会有好的结果。你带上面具做坏事，别人也认得出你。你真心对一个人，他一定感觉得到。最纯真的友谊，应该总是不会变的，你看世界上那么多秀亲密的闺密，说明这个世界还是包容的多，原谅的多。

可一个“钱”字就把我打败了。我需要吃饭，我吃饱了才能想别的问题。我突然理解那些作恶的人为什么偷东西、为什么卖毒品，可能有些人是坏人，但也许一开始也是为了吃饭。可是他们比我胆子大，所以比我做得多。虽然世俗不允许，可如果人人都有钱，不知道世道会太平多少，不知道会有多少纯洁的感情、有多少纯洁的爱。

就像吕亚楠，我到现在都不是很了解她。我觉得她好，是因为她在关键的时刻给了我钱，那是我缺少的，却是她不缺的。

我迷迷糊糊地又哭了起来。

吕亚楠在我旁边瞪了我无数眼，赤裸裸地鄙视我。

“这丫头是多单纯啊！君好，起来，我们回去。我这儿旁边一帮狼呢，一会儿小心被吃了。”她说完，旁边一帮男人笑了起来。

吕亚楠带我回了她的家。

早上我起来，坐在床边抓我的头发，抓了十分钟，哀号了十分钟，捏着肚子上的肉，又崩溃了。

我昨天晚上做了什么啊，太丢人了！我没事喝什么酒啊，昨天那么多男人在啊！还都是吕亚楠的朋友啊，都是“高富帅”啊！就算不帅，也是有钱的，我以后没有做少奶奶的命啦！已经开始胡思乱想了，彻底傻和只是傻一会儿是有很大区别的。

出了门，我看见吕亚楠在跑步机上跑步，走过去弱弱地说了句：“嗨，早上好。”

真是有钱啊，家里还有跑步机。还是我太穷了，看见什么都觉得人家有钱？我脑袋又开始运转了。不一定有钱人才有跑步机，也许一般家庭也买得起。可谁没事在自己租的房子里买个跑步机啊？

吕亚楠没理我，继续跑步，我就找洗手间打算先把脸洗了。到了洗手间，看到我的头发都炸起来了，我满脸黑线，是被我哭花了的眼线弄的。我昨天就是这个形象出现在“高富帅”们面前的？这下彻底嫁不出去了。

等我洗完脸，吕亚楠也跑完了。

“你腿那么瘦，还跑？”我酸酸地说着。

“谁像你啊，胖成这样都没有危机感！上次在你那儿吃了红烧肉，我足足跑了五天。要不是你做的，我一口都不吃！傻子。”她走到厨房榨了一杯蔬菜汁喝了。

果然，还是有钱人，还有榨汁机，多难洗啊。

“我要是有你这个脸蛋，我也减肥，好不好？”我不服气地顶嘴。

“懒女人别给自己找借口。还有，买劣质面膜是没用的，记住了。一会儿回去吧，还有，房子到期了就搬过来和我住吧，我一个人住着无聊。我还有事，一会儿你自己打车回去吧，钱我给你放门口。”一边说着一边走向洗手间，可能是去洗澡了，“还有，君好，你出门就带10元钱，你也不怕被拐卖了回不来？”

嘴真毒!

我收拾收拾东西，看了眼表，想着也该回去了，一会儿还要上班，就走了。

到家之后，看见蔡美慧和她老公在我家。她老公笑得很甜，眼睛都眯成一条缝了。

“君好，这几天麻烦你了。今天我来接美慧回家，改天请你吃饭啊。”她老公笑着对我说。

“没事，没事，都是朋友嘛。”我也不好意思了。

客套了一下，蔡美慧收拾好东西，就过来抱着我:“君好，谢谢你，我昨天晚上喝多了，和我老公说我是看韩剧看得伤心，你帮帮我。嘿嘿，你最好了。”说完又亲了我一口。

然后两个人就走了。

他们刚走，我妈就来了电话。我一直和我妈报平安，说着:“好好好，我过得不错啊，最近什么都吃得到，不要担心，不要担心。”

挂了电话，一直想着妈妈说的:“君好，在外面要用心，不要光听别人说了什么，还要听别人没说什么。说出口的话也只是一句话，没有任何作用的。可你要懂得感恩，不要理所应当地接受，就算是很小的东西，就算是在对方的能力范围之内，人家给你的，你都要感激，没有人应该或者闲得没事对另一个人付出，在外面要长心眼儿。”

我突然想起了吕亚楠，是啊，哪有什么是应该的，她才是真的对我好啊。

我上班去了。我不能一直当小孩，我要学着长大，分辨好的东西和不好的东西，如果不值得，就放手，舍不得而一直抓着不放也无济于事。

红 豆 生 南 国

我叫许南国，性别：男。

下班的路上，我满脑子都是回家要做什么菜。冰箱里剩了一根白萝卜、一根胡萝卜、几个甜椒，没有肉，还有四个鸡蛋、一个红薯，完全搭配不到一起。

结果我买了一份红烧豆腐饭，还有五包装的康师傅方便面。今天零下16℃，偏南风，风很大。我缩了缩脖子，回家。

回家以后，我把外卖放在我妈的面前——这么说特像骂人。我把红烧豆腐饭放在茶几上，再推着母亲的轮椅，把她推到茶几前，拿起筷子放在她的左手上，转身去开电视，然后自己再去厨房煮一袋香辣牛肉面，外加一个荷包蛋。

“谢谢你，同志，一会儿我爱人就回来了，这个你还是拿回去吧。”

我回头看看我妈，然后继续煮面：“您先吃吧，这是您爱人托我给您带回来的，他说今天晚一点回来。”

“哦，谢谢你啊，同志。”

我妈妈蒋红豆，老年痴呆，一个月也就有31天能把我认错，其他时间都挺好的。

吃过面，我看了一会儿国足比赛，倒水的时候回头看了一眼我妈，发现她一直盯着门口，左手水杯里的水一口也没喝过，就那么一直看着门的方向。我想她应该是在等我爸吧。

我妈可能发现有人在看她，于是回头看了我一眼，朝我微微一笑说："您好。"

我每到这个时候都有点难受，像是被人狠狠地踢了心口一脚，突然间就不会呼吸了。然后心口那里一抽一抽地疼痛，用力往外呼气，也只皱着鼻子一抽一抽的，和心口的疼痛一样，搞得我要发疯。颤抖的手指已经夹不住烟，我却还是硬往嘴里送。

原来我总觉得，任何疼痛都是有期限的，再大再难的伤，过个十年八年也一定愈合了。但那只证明了让你疼的那件事和那个伤是那么微不足道，微不足道到可以轻易忘记，或者被其他事物替代。

"妈，我是南国，我是你儿子。"我慢慢地在我妈面前蹲下，说这句重复了百万遍的话。

我妈看着我的脸，笑得很温暖："你长得很像我爱人。等他回来了，我介绍给你认识。"

"妈，我是南国，你生的儿子，屁股上还有一块红色的胎记，你记得吗？"

"南国？"我妈的表情很迷惘，我的心被揪得更难受了。

"嗯，你说'红豆生南国'，你说这是我爸念得最好听的一首诗，你说我是你儿子，所以你给我取名叫南国。你还告诉我，要是有一天你把我忘了，我就说这个给你听。你记得吗？"我有点哽咽，每次说到这儿我都控制不住情绪。

“哦，南国啊，好儿子，你结婚了吗？”我妈还是笑得很温暖，就像她还记得我一样。

我没忍住，还是哭了，号啕大哭，哭得我觉得昨天的我、去年的我、十八岁的我、还在襁褓中的我都听见了，他们都用可怜的眼神看着我，用渴慕的眼神看着我妈。

我总以为我对这个事情的麻木程度不足以让我经常哭，当时拿到医生的诊断书的时候，我也觉得我一定能承受得了。但是真的发生了，我却经常承受不住，总是在我妈面前哭得像个孩子，我希望她能抱抱我，安慰我。可是这种情况几乎没发生过。

我坐在地上，喘着粗气，想控制住眼泪，但是我突然间想到，我没有妈了，我没有妈妈了，然后眼泪就停不住了。六年前我爸去世的时候，我都没有这种感觉。可现在我妈在我眼前，我却没有妈了。

我始终都记得那一天：我下班回来，看见我妈穿着厚外套坐在家里的沙发上，白色的衣服上有很多干涸的黄色液体的痕迹，浑身上下散发着腐烂的酸菜的味道。我皱着鼻子就嚷嚷：“妈，你干什么啊，你这样还让不让人活了？快把衣服扔了，你赶紧去洗洗。哎，你做饭了吗？”

我妈看着我的眼神有点浑浊，说道：“南南，妈妈今天给你擀面条，你快去洗洗手，等你爸爸回来咱们一起吃。”

当时我听完头发都竖起来了，因为那时我爸已经过世两年了。

“妈，你说什么？”

“我说，快去洗手，准备吃饭，你爸马上就回来了。”

我上前去摸了摸我妈的头，感觉不是很热，看她的样子也不像在和我开玩笑，我就赶紧拉着她去了医院。

看完医生之后，我颤抖着扶着我妈回家，没法想象以后我该怎么生活。

我现在活得还凑合。

擦干净眼泪之后，我开始给我妈擦脸、洗脚，然后解开把她绑在轮椅上的绳子，轻轻地揉着她身上那些被绑之后的痕迹。按了按我妈的肚子，问她想不想上厕所，她摇了摇头，下一刻就尿在了裤子上。

终于哄得我妈睡着了。我检查了一下家里的门窗、煤气，然后就拿出折叠单人床，放在我妈房间的门口，然后躺下准备睡觉。这么做主要是因为我害怕，我害怕她忘记了她现在不用检查窗户，我害怕她从窗台上掉下去，我害怕她一趟趟地去厕所。我在这里，她要做什么，都有我。

我曾经觉得我住的这座城市太小了，夜店一共就五家，芝华士是180元，送一个大果盘和五瓶软饮。可是我现在觉得我家里都大得让我发慌。

夜里是最难受的时候，我总是在夜里想起过去的很多事情，所以翻来覆去地睡不着。冰箱时不时地嗡嗡作响，对面三楼那户人家总是点着一盏小红灯，我总怀疑那里住着邪教分子，惴惴不安，又觉得兵来将挡、水来土掩就好了。胡思乱想总是能让我清静很多。

睡到半夜，我感觉有人在摸我的头，蒙蒙眬眬中看到我妈抱着我的头，左手轻轻地覆盖在我的额头上面，然后再摸摸自己的额头。反复了很多次之后，她起身去厨房拿了一条毛巾，又拿了一瓶白酒，回到我身旁，然后用蘸了白酒的毛巾反复地擦我的手背、手心、前胸、后背、额头等地方，轻轻地念着："南南乖，妈妈在这里，不要害怕。还难受吗？口渴吗？要是累了就再睡一会儿，妈妈在这儿呢，妈妈不走，妈妈一直在这儿陪着你。"

她现在是最幸福的吧？她比我幸福。

折腾了大半夜，我陪着她烧水，陪着她说话，还帮她打了一个电话给我爸，我听着她对着电话那头一直絮絮叨叨地说着："你快回来吧，南南生病了，你都好久没回来了，家里就剩我一个人，我害怕。你快回来吧，昨天南南要交学费，可是我手里没有那么多钱，咱爸咱妈也总问我你什么时候回来……"

她说她一个人害怕，我更怕啊。这是遗传吗？这样默默地坚守着的固执，是遗传吧。

然后就是日复一日。

有时候上着上着班，我就会突然感觉空气很稀薄，呼吸不到氧气，只能大口大口地喘着粗气。静下心来的时候晒晒太阳，会突然释怀很多，我妈还在，她只是记性不好而已，她还记得我，她还很爱我。

今天回家时，看见家里一片狼藉，七八个杯子碎在门口，厨房里到处都是果皮和油污，厕所里卫生纸散落满地，我妈正站在阳台上，一件一件地晾着像水龙头般滴水的衣服。

我一把扯过衣服，她踉跄了一下，扶住了墙，没有跌倒。我把衣服都放回盆里，然后全部丢进洗衣机，再把她拉到沙发旁边，把沙发上的杂物都一把扫在地上，把她安置在沙发上，然后我就开始收拾屋子。

其间我一句话都没有说，说什么呢？我怪她吗？我怪她什么呢？

我正在收拾厨房那堆菜叶子时，她突然大哭起来，声音尖锐，而且愤怒。

我冲出厨房，看见她的一瞬间就明白发生了什么，她尿裤子了。

“你倒是去厕所啊，上厕所你总不会也忘记了吧？”我笨手笨脚地给她换裤子，“厕所就离你不到五米，这也需要我告诉你吗？你以前不是挺好的吗？”

她抽搭着不说话，也不看我。

“你倒是说话啊，平时不是也会说话吗？连说话你也忘了？”我突然感觉有一股邪火蹿了上来，我想压一下，就不再说话。

“你是谁啊？流氓！”说完，她就奋力地向我打来。

我忍不住了，大吼一声：“妈，你能不能不闹了？！”我感觉有一股特别大的风在我胸口来回刮着，刮得我的心都干裂了，风还在刮，好像要撕碎那颗心，好像碎了就结束了，碎了，这场梦就醒了。

我拉着她出门，指着门口的门牌号大声吼着：“妈，你看看，这是咱家，这是2002年买的房子，你记得吗？”然后我又把她拉进屋子，指着电视对她说，“你看见这台电视没有？这是我四岁的时候你和我爸骑着三轮车带着我去县城买的。还有这个，这台冰箱，那年你说冬天的菜太贵了，攒了两个月的钱，才买回来这么一台破冰箱。还有这个，是你在我高中毕业知道我没考上大学的时候打我打出来的痕迹。”我喋喋不休地指着这个，再指着那个，一样样地指给她看，希望她能想起点什么，“还有这个男人，这个老男人你认识吗？这是我爸。还有这个小姑娘，这个小姑娘你是不是一点都不记得了？这是你孙女！你孙女！”

我对着满屋子都大喊一遍后才发现我家门口站着邻居李阿姨。

“南国啊，别这么激动，要不你先把你妈交给我吧，你先收拾屋子。我那儿饭都做好了，让你妈先跟着我吃点？”

我木然地看着李阿姨，不知道该说什么，心里的大风还在刮，可是心没那么痛了，只剩下麻木。我把我妈交给李阿姨，然后开始打扫房间。很多次我都想把扫把和抹布丢了，我从窗户跳下去算了，但是想了想又放弃了，因为我第二天会后悔的。

活着吧，活着，一切都会好起来的。

收拾屋子收拾到晚上10点，李阿姨来敲我家的门。我打开门，看见李阿姨满脸泪痕地看着我，手里还拿着我家削果皮的水果刀。

“李阿姨，怎么了？”我把李阿姨让到沙发上，又倒了两杯水，打算仔细听听，我怕我听到我害怕听的消息，我的手不由自主地抖个不停。

夜晚总是让人控制不住身体。

“你妈妈刚才和我说话了，说得特别明白。她说她想死，今天在家里清醒过来的时候发现自己被绑着，当场就哭了。她好不容易解开绳子，找到一把水果刀想自杀的时候，突然想到了你，不敢给你打电话，就想最后看你一眼。她说她今天把屋子弄得那么乱，就是想让你嫌弃她，她死了以后，你不要总是想着她。你得去找你媳妇啊，你得把你家姑娘带回来啊，一家人太太平平地过日子啊，何必被一个老婆子祸害得不得安宁。”李阿姨说着说着就哭了，我也跟着哭。

“你妈说，她清醒的时候，看见你一个人在那儿一根接着一根地抽烟，刚想制止，可是不一会儿又糊涂了。她说她不配当妈，她说这是在给子女作孽啊。”李阿姨看着我时眼睛晶亮晶亮的，看得我害怕。

“我刚拉着你妈去吃饭，总觉得她走路走得别扭，仔细一看才看见，她把水果刀藏在袖子里，胳膊被划破了一大块，她也不吭声。”

我刚要喊一句“妈”，就一口气呛了嗓子。我拼命地咳，拼命地咳，可是咳得嗓子都破了，还是停不下来。

妈，你是我妈啊。

晚上我去李阿姨家接她时，她又不记得我了，看着我和蔼地说着：“您好。”

这之后，没过一个月，她就去世了——睡梦中走的，很安详。

最后我在收拾她的遗物的时候发现床垫子下面都是一毛五毛的硬币，也不知道她攒了多久。硬币中有一张字条，上面写着：“南南的学费。”

三　叔

人人都叫我“三叔”，可我今年才十六岁，还是个姑娘，真是够了！

我妈生我的时候，外婆说：“家里女孩子太多，总得留一个传宗接代不是？你也年纪大了，这次又这么辛苦，大夫说再有就难了！这个长得丑，就当男孩子养吧，以后招赘一个，挺好！”

结果是，我的名字叫刘三叔！

而且我要申明：我不丑！不丑！

我大伯四个女儿，我二伯五个女儿，我爸战斗力弱点，就生了我们仨，我大姐叫刘愿男，我二姐叫刘盼男，她俩是双胞胎。等一下，我出个问题，我应该叫什么？

小时候，虽然家里不是很富裕，但不管怎么说，我两个姐姐也是穿过裙子的，就我一天天地除了长裤就是短裤，一个辫子也没梳过！我小时候还真以为我是爷们儿来的，谁要是敢捏着我的脸说“哟，这假小子，还真俊！”，我就龇牙咧嘴，哼哼道：“谁是假的？！谁是假的？！”

那时候我还不知道带把儿和不带把儿的区别呢！

等我明白的时候，第一件事不是气愤，是脸红！是害臊！妈妈呀，我说我班同学怎么一听到老师点我的名字就乐得差点呛死，我说怎么每次我跟女孩子们一起去澡堂子也没人轰我走呢！

但是，我挺了过来，我坚强！我屹立不倒！我百折不挠！我更进一步！

2015年6月8日，我十六岁了！

“妈，生日蛋糕上为什么要写我的全名？为什么？您买蛋糕的时候，人家不看您吗？人家肯定心里琢磨了，这叫‘三叔’的还连着姓一起写，这得多尊敬长辈啊！这你说——哎哟！”

我还没说完呢，我妈抬起手就挥向我的后脑勺，结结实实地打了我一下！

“妈，你干吗啊！疼啊！”我揉着脑袋，五官都挤在一起了，这说明我不是装的，我是真疼！

“儿的生日，娘的苦日，过生日都是要挨打的，你不知道吗？这是为了孝顺你妈我，这是让你别忘记你妈我的恩情！”我妈一边说着，一边摆菜，看都没看我一眼！

“那不都是饭后才打吗，你这打得太让人没有一点点防备了！”我气呼呼地一屁股坐下，然后又被我妈一把拉起来！

“洗手去，洗手去，顺便换件衣服。你急吼吼地回来就为了回来看个蛋糕，是吧？行了，你也看到了，快去，你屋在那边，不用我指给你了，是吧？”这是我亲妈，真是亲的。

我随便套了件衬衫就出来了。洗手的时候，看见牙刷筒里的深蓝色牙刷，我心里暗暗发誓，以后招赘过来的女婿要是敢让我再用黑的、蓝的、灰的、绿的牙刷，我就休了他。××的，我要用粉的！

这算是我的第一个生日愿望，哈哈！可是我和谁都不敢说，我可是我家香火！作为香火，怎么能日日这么堕落，为了一个牙刷的颜色耿耿于怀呢?

坐在桌前，我微微一笑！姐姐们都回来了。今天高考结束，她们俩铁皮色泛着西瓜皮色的脸还泛着光，说明高考考得一般啊，哈哈哈哈！

我妈又打了我一下！

“妈！”

我妈又没看我！

“你俩考得怎么样啊？”我妈脸上的表情真是慈爱，慈爱异常！

“肯定肯定肯定是很好的，哈哈！我姐姐们还用说，清华、北大的苗子啊！”我一个没忍住就开始接话了。

大姐的表情看起来好像告诉我：“我改名字了，我叫刘怨男！”她恶狠狠地瞪了我一眼，再看看妈，低低地说：“数学最后那道大题，我拿不准。”然后又看看我二姐。二姐好像气色好了一点，没说话，但是面部表情很丰富，像朵花，应该是考得不错！

“没事没事，都考完了，就放松放松，别想那么多了。咱们等你们爸爸回来，一起吃饭！”妈妈很和蔼，我很饿。

过生日的时候唱《生日快乐》歌，我挺高兴的。吃大虾，我很高兴的。收礼物，我特别高兴。吃完饭，我许了个愿，大声地念了出来：“给我买条裙子吧，我已经看好了！”结果挨了一顿打，我不高兴！

但是打我的时候，他们倒是很高兴，还美其名曰，过生日就是要挨打的，这是为了报答妈妈的恩情！为什么我要一天报答三次？不是已经打过了吗？

我的学习烂得连“渣”字都形容不了，除了语文，别的科目考试全是靠蒙的。但是我家没人说我，因为什么呢？因为我是艺术特长生。咳，相声专业特长！师承我爸！

哎，这其实不怪我！

我爸是中国著名相声演员某某某的徒弟，刘某某，但他学艺不精，天赋太烂。然后他创业未半，又开茶楼，业余时间不仅用来学习相声，还研究茶叶。

可能是我小时候和邻居家大孩儿吵得太欢，还屡战屡胜，也可能是我爸看我这嘴皮子能说“吃葡萄不吐葡萄皮儿”，就决定，要是学习不好，就在他的茶楼说说相声，以后也不至于饿死。结果，嘿，我还真没辜负我爸，我学习特烂！十四岁不到，我就被我爸抓去学相声，每天早上4点半就被我爸拽起来去阳台练绕口令和贯口。我多困啊，我多小啊，但是没辙，谁让我学习不好呢！

“蒸一个羊羔儿，味太膻；蒸一个熊掌儿，没洗净；蒸一个鹿尾儿，咬不动！”

你别怪我不好好背，大早上的背这个，我饿！

周五晚上，我和我的搭档一起在我爸的小茶楼说相声。

我：“嘿，我说您今儿叫什么来着！”
他：“什么叫我今儿叫什么，我一直叫刘有名！”
我：“我记得您昨儿不叫这个来着！”
他：“去。”
…………
我：“我家里有两个姐姐，我是老三。”
他：“您等会儿，这计划生育怎么到您家这儿变了？！”
我：“那您看看，我们家特殊啊。我，您看看我这脸，您看出什么来了？”
他：“嗯，没看出来！”
我：“您再仔细看看，看见我这痘痘没有？”
他：“去，谁看你这个。”
我：“实话告诉您吧，我家呀，是少数民族，乌拉那拉族（举大拇指）！我俩姐姐啊，是双胞胎，我这是合法的！”
他：“没听说过，还有乌拉那拉族！”
我：“哪个族您就别管了，反正我也没记住！”

相声就暂时说到这儿吧，我不是来给您说相声的，您说，是吧？您在我这儿白看一篇相声，您得怎么想？想的肯定是，这刘三叔，肯定是个说相声的，就是个说相声的！

一个姑娘家家的，叫刘三叔也就算了，还是个说相声的，嫁出去是难了，“娶”进来也不容易！

一般我说完相声，我爸都会直接带我回家，可今天他有事，就放我自己回去。

我叼着一个老冰棍儿，滑着个小滑板，一路出溜着回家。

路上有个坑，我一个没站稳，摔倒了！老冰棍儿没吃完，咻，一个抛物线飞到了一个姑娘身上。

完了，这赔罪不用我以身相许吧？

人家姑娘可能天生就是个女神，连一个白眼都没给我，直接蹲那儿哭了。我吓傻了，是不是被老冰棍儿冻坏了？

“嘿，美女，对不起啊，我不是故意的！”我抱着小滑板，慢慢悠悠地、颤颤巍巍地走到她面前。

“嘿，美女，你看要不这么着，或者那么着？哎，哎，哎，反正你别哭，我说十遍对不起，行吧？”我真怕她哭，我就怕女孩子哭，因为我没怎么哭过啊，我不会哄啊。

“我完了！”那姑娘哭着哭着突然说出这么一句话来。

“完了”，完了是什么意思？！

“美女，大美女，你别哭，你说说怎么了，被欺负了？和我说说，虽然咱俩不认识，但是我也帮不了你不是！”我一说顺了，又贫上了。这张臭嘴！

扑哧，她乐了。

可能觉得不应该乐，她又哭上了。可哭的情绪散了，再哭也哭不出来了。

“今年高考我拉肚子了，考砸了。我考砸了！”说完她又哭上了，估计这次是持久的哭。

我坐在旁边没吭声。哭吧，哭出来就好了，不过这是多大个事儿啊？我也帮不上，又不是我搞砸的，给她包面巾纸得了。

可我狠不下心。算了，就当日行一善吧，就当为下辈子投个真的男儿身积德。

“美女，我叫刘三叔，”我的话还没说完，她就抬头看了我一眼，也不哭了，估计是看我多大岁数了、是男是女，“身份证就是这么写的，真名，不是艺名。”我咳嗽了下，清清嗓子。

“我叫这名都十多年了，我也想好好学习的，可学习烂到不行。其实不是我不想学啊，抛物线那节课，我就睡了那么一会儿，起来我就不知道老师在说啥，反正挺催眠的，我就接着睡了，之后更是听不懂了。

“还有我爸，我爸非得叫我学相声，你说，有一个姑娘学相声的吗？你别这么看着我，我真是姑娘，我就是从小被当男孩子养的！你听我这声，没错吧？

“从小我就想穿裙子，偷穿一次被打一次，偷穿一次被打一次，偷穿一次被打一次，后来看见裙子我就疼，就再也不想穿了。

“可这世界大了去了，我不能懊恼一辈子吧？再说，我家还靠我传宗接代呢。你别又看我，我还以为你爱上我了呢，这可不行，我得找男的。”

说了这么多，她终于笑了。

“每个人都有每个人的活法，一个跟头倒下去，还有一个跟头接着来，你摔着摔着就不疼了，总会有人搀着你起来的，就像昨天我搀一个老太太，人家就没讹我，还说了好几句‘谢谢’。所以啊，跟头总会摔到头的。再说高考没考好就没考好呗。你别瞪我，我知道我腰不疼，我坐着。今年没考好，觉得不服气，接着考吧，日子长着呢，你这心理素质得好。幸亏是没考好啊，要是真是考得太好了，一激动，弄得和范进一样多不值得，你说是不是？”

我也不知道我说的是什么乱七八糟的，反正大体就是糟践自己、开怀别人。

那姑娘倒是不哭了，我又有点抑郁了。

晚上回家之后，我躺在床上翻来覆去睡不着，端着个杯子去阳台坐着。

你说，我这是正常的人生吗？还是我神经太大条，一直没当回事，磕磕绊绊地也都过来了？人都是这样的，会劝别人，不会劝自己。

我也想像个姑娘一样生活啊，穿裙子，梳小辫儿，甜甜地在父母怀里撒娇，玩跳皮筋，玩布娃娃，买口红，擦妈妈的粉底，可我从来没这么干过，连这生活也不是自己选择的，都是别人硬塞给我的，哪儿好？为什么一定要传宗接代呢？香火到底是个什么啊？

我一直想着，一边想一边喝水，一边喝水一边想，一个小时去了三趟厕所。

想着想着，不知不觉，天亮了。我看着红红的太阳挺刺眼，刺得我都掉下眼泪来了。

谁说每天的太阳都是新的，这话说得太对了！

姜文拍过一部电影叫《太阳照常升起》，太对了！

我是不同的，我是被赋予使命的，当个男孩养有什么不好？日子还不是我在过，哆哆嗦嗦地后悔个没完没了，那才是浪费呢。

想通了，我也不闹心了，接着练我的贯口。我爸早上起来上厕所看我这么勤奋，欣慰地对我笑，但笑容太阴森，我肝儿颤。

实在是背不动“蒸羊羔”了。我真是饿啊，更饿了。

三　叔（2）

我是刘三叔，一根香火刘三叔。

关于我是我们家香火这件事情，先前已经说过了，就不赘述了。万一说起来收不住，您就得在这儿再看我说一遍。

咳，所以，还是说说这次的事情吧。

我爸最近总拿着一根小皮鞭抽我，当我撅着屁股扎马步的时候，他就抽我。他总说："能不能过关，就看你这马步了。"说完这句一般还得补上一句，"嘿，小腿别哆嗦，嘿，稳住。"

光扎马步还不行，还得背贯口。

这马步扎的，我的心都长眼睛了，那眼睛一个劲儿地翻白眼，一股子傲娇之气。

我爸为什么让我扎马步呢？这事儿就说来话长了。

话说，我大姐和二姐两人高考过后，以外人看来特别不可思议的相同的分数考进了同一座城市不同的大学（说这句话的时候，您一口气得憋足了，要不然，肯定上不来气）。后来听她们和我说，好像是因为填志愿那天大姐刘愿男记错了学校。这事儿也就只能这么定下了，反正是改不了了。

现在已经是年底了。两个月前我在家嗑着小瓜子，嚼着小花生，等待着寒假"扑面而来"的时候，我二姐刘盼男女士生病了。她大冬天的不好好在宿舍里猫着，翘了三天课跑到另一座城市听一个民谣歌手唱了几首小歌，回去就倒下了。大姐打电话回来说这事儿的时候，我家老爷子脸都绿了，嘬了一宿牙花子之后，决定送我去少林寺冬季培训班。

我招谁惹谁了？我招谁惹谁了？

老爷子说身体是香火的本钱，我从小就软趴趴的，这次正好去锻炼锻炼。我抓着我妈的手，哇的一声就假哭了出来。

“妈妈，你是我亲妈。这么冷的天，我剃个秃子不合适。您看看我头上这几根毛，从来没超过五厘米，出门别被人当成癌症患者，别人一走一过还给点零钱啥的，这不合适，这真不合适。”

我家老太太一脸温柔地看着我，手上却用足了力气，一把就把我的手爪子从她的手上掰开了。

我哭告无门，五天后，还是被送去了培训班。去之前，我去找了一趟我的搭档刘有名，他说：“男子汉大丈夫，流血不流泪，哭你大爷啊哭。”我踢了他一脚，吸了吸鼻子，说了声：“后会无期。”

这个少林寺培训班就在北京，只不过是在远郊，一来一回也得小半天。办这个培训班的人，是我家老爷子的同学的表哥的二大爷的女婿，是一个美国爷们儿。一个美国人，不好好地在美国待着，非要去少林寺学习“Chinese空腹”（中国功夫），学就学呗，还非要自己开个培训班，这人一定闲得厉害。

我家老爷子说，这个培训班不是随便谁都能去的，他费了老劲才让人家同意我过去试试。于是我被逼着天天在家扎马步。

去的那天，雾霾很厉害，我戴着一个从网上买来的“防毒面具”，大摇大摆地走进了培训班的大门。我心里的小算盘打得噼啪响，我想着，要是一会儿让老子扎马步，老子就虚弱得一下子摔倒在地上。这样，老子就能回家继续嗑着小瓜子，吃着小花生，继续逍遥了。

结果我一进去，那个高高大大、白白长毛的美国男人就说了句：“蒸羊羔，蒸熊掌？”

我一愣，下意识就接：“蒸鹿尾儿、烧花鸭，烧雏鸡，烧子鹅……”还没等我说完，他就拍拍我的肩膀说：“OK，你通过了。”

他——说——什——么？

紧接着，我家老爷子又给我发了一条信息：“三儿，通过了，是吧？我听说那老外最喜欢听‘报菜名’，你一定没问题的。我和你妈去看看你姐，正好快放寒假了，到时候和她们一起回来，你就好好在那儿等着我们回来，用心学功夫，好好锻炼身体。父。”

你——说——什——么？

我还没缓过神儿，就被一个大个子领着去剃了个秃瓢。我看着镜子里的“肉丸”欲哭无泪，刚想回头说“有个地方没剃干净”，就发现角落里有个梳着丸子头的姑娘，我颤着声问大个子：“她怎么不剃？”

“她是女生啊。”

“我也是女生啊！”我吼着。

“是你爸说的，要把你当成男孩子对待。”

我“脑补”了一下我家老爷子大手一挥地说“尽管招呼，别客气”的场面，悲从中来。这得多长时间才能长回来啊？少说两个月不能出门啊！这要是让刘有名看见，还不得笑背过气去。

我无奈地摸摸脑门儿，一不小心就摸到后脖颈儿了。我说：“那行吧。但是你看看这儿，左边，就这儿，没剪干净，你再给我修修。”

这种随遇而安的性格真是让我高冷不起来，什么环境都能融入，到哪儿都能插科打诨，我最爱干的事就是起哄架秧子。蔫儿蛋的日子我是过不了。

带着我去剃头发的那个大个子，是我们大师兄。第一天上课的时候，他领着一群和他差不多的“肉蛋”在我们面前“一”字形排开，每人手里拿着两个啤酒瓶，“阿达阿达”地喊了两声，就“吼吼哈嘿”地把那俩空酒瓶敲碎在脑门儿上。

我当时特别想去上厕所，但是我忍住了，我可以的，我相信我自己，我相信明天。可我还是腿软了，我摸着自己的脑门儿心想，这一下子不得砸傻了啊？

你还真别说，他们这个效果可真是好啊！接下来不论他们说什么，我们都仔细听着并且严格遵守，让扎马步就扎马步，让出拳就出拳，让踢腿就踢腿，生怕一个没做好，就被抓过去练铁头功。

我绑着沙袋深蹲跳得太猛，吃晚饭的时候，大腿抖个不停，连带着用筷子的手都抖个不停，一顿饭我吃了四十分钟还没吃完，就是因为我吃一口掉两口。最痛苦的还不是这个，第二天早上我在洗手间解决完“人生大事”之后发现我起不来了。我的两条腿剧痛无比，每挣扎一次就疼一次，最后一直等到把脚都蹲麻了才站起来。

我当时就给刘有名打了个电话，让他来救我。他说出不来，我家茶馆最近生意火爆，也不知道哪儿来了那么多人，他一个人说单口相声很辛苦，求我快点回去。我听着他干哑的嗓音，“脑补”着话筒处飘出来一缕白烟。

厕所里的味道不好闻，我抱着电话哀号着走向练功房。

我双腿颤抖着迈进练功房，又双腿颤抖着走到角落里等着训练。

这时，我听见旁边有一个“肉蛋”正在和一个小姑娘说话，说话的内容大有学问，有一个瞬间我恍惚以为我见到了同行。

Part 1

“肉蛋”：“我为什么不能走？”
小姑娘：“因为你要陪着我。”
“肉蛋”：“我为什么要陪着你？”
小姑娘：“因为我要减肥。”
“肉蛋”：“你减肥，我可以帮你把零食都吃光！”
小姑娘：“不行，我会半夜踢死你。”
“肉蛋”：“……”

Part 2

“肉蛋”：“学功夫为什么非要把我剃成光头？”

小姑娘：“因为……可以把对手晃瞎？”

“肉蛋”：“……”

Part 3

“肉蛋”：“你减肥，你倒是练啊！”

小姑娘：“但我懒。”

“肉蛋”：“……”

这对话太酷炫了，我一边听一边颤抖着双腿，用小碎步挪过去。

Part 4

“肉蛋”：“今天就回去！”

小姑娘：“不回！”

“肉蛋”：“我说话好不好使？”

我：“好屎都被狗吃了。”

“肉蛋”和小姑娘：“扑哧。”

这一阵混合着大肉馅包子气味的风来得也太猛烈。我使劲揉着眼睛。妈的，是不是把菜花吹我眼睛里去了？

“肉蛋”回头看着我说：“你谁啊？”

我揉揉眼睛说：“我是刘三叔。”

“肉蛋”瞪着一双大眼睛说：“三叔？我还是你大爷呢！”

得，又被误会了。我点头哈腰地使劲和他们解释我的名字和性别，就差回去取身份证了。当说到家里主要是想给他们招一个女婿的时候，我看见小姑娘的脸瞬间变色，一脸不善。

这个和我一样被剃了光头的“肉蛋”叫祝坦坦，漂亮小姑娘叫焦娇娇。这俩不让人省心的家伙是来北京参加什么《我要上春晚》的，结果出人意料的是，他们被选上了。漂亮小姑娘说，第一次上春晚啊，形象一定要好，就拉着男朋友来减肥了。

我兴致勃勃地问：“哟！上春晚啊！什么节目？”

“嗯，网络春晚。”小姑娘脸红红地说。

“什么节目？”我继续兴致勃勃地问。

“唱歌。”小姑娘继续脸红红地说。

简直棒极了！我亲切地和他们俩握了握手：“我一定会看的。”

交朋友总是令人愉快的。我一边和他们聊天，一边推荐我家的茶馆，并且吹嘘了自己的相声技艺：“那叫一个惊天地泣鬼神，听我说相声，不喝两壶茶，您都舍不得走。”他俩虽然嘴上说着“佩服佩服”，其实照我的估计是不信的。

这个时候大师兄进来了，我哀号一声，站好了队。

这一次的课比上一次有意思很多，我深深地感觉到，我已经不再是我！疼啊！我不要劈叉！不要压腿！我的大腿筋！我的小腿肚子！

下课之后，我摆弄着合不拢的小腿，颤颤悠悠地走去食堂。这个地方老子不能待了，再待就要碎在这儿了。

到了食堂，我看着和我一样龇牙咧嘴的焦娇娇和一脸高冷的祝坦坦在一起吃饭。我走过去说：“你们也在这儿啊。”

吃饭期间，我深刻而又富有感情地陈述了一下我的悲惨遭遇，提着两条好像断了的腿，悲伤而又倔强的脸上带着一丝丝的不甘心。

“我今天晚上必须得走了。”说着说着，我眼含水雾地看着他们俩，“再不走，我可能就活不了了，我家就我这么一根独苗。”我又看了他们一眼，“不能挂在这儿啊。”

焦娇娇感同身受，她一边吃饭一边陪着我哀号，因为她的腿也很痛。祝坦坦就坦然很多，我以为他是为了帅气，所以才忍着不龇牙裂嘴，结果焦娇娇和我说：“才不是那么回事，这个白皮肤的小男孩，从小就奇软无比，上半身和下半身来个折叠像玩儿似的。”

我暗暗地嫉恨了两分钟，这种天赋技能，我为什么没有？

我为什么饿着肚子和他们俩说这么多？那是因为我想跑回去找刘有名了，可我自己又跑不了，出门的时候，除了防雾霾的“防毒面具”随身携带，我一个大子儿也没有。这个培训班供饭，为了让我老实地在这儿待着，老爷子一分钱也没留给我。所以，我打算向他们俩借点钱。江湖中人互相帮忙，他日我肯定涌泉相报啊。

说了半个小时，唾沫都喷完了，我才知道他们俩也没钱，顿时悲从中来。不过，祝坦坦也不想在这儿继续待着了，决定和我一起走。

我傻眼了，半天才说:“没钱走个屁啊。”祝坦坦轻轻地瞟了我一眼，然后拉开衣服，从里面掏出两张……公交卡。

“回去你就有钱了，是吧？”我盯着那两张公交卡，觉得世界都亮了。焦娇娇这时又给我递过来一个鸡腿，我感动得差点哭出来。

天啊，我可以回去了。

结果，当天晚上，我家老爷子的同学的表哥的二大爷的女婿——那个美国人，来了。他说来看看我，然后说听说我相声说得挺不错的。我嘿嘿地笑着敷衍着“还行还行”“哪里哪里”。

在他的强迫下，我一个晚上说了三个单口相声，身心疲惫。

“哎，我想回家。”我们俩坐在院子里的一把长条凳上。

“在这儿不好吗？”他的中文说得还挺溜。

“你见过哪个姑娘被剃个光头，又拉筋又比画地练功夫，还一天开心得很？”我不管他是谁了，老子要回家。

“你爸爸说你身体不好，来这儿是要加强一下健康。”还“加强健康”，一听就是老外。

“我哪儿不好了？我身体倍儿棒！吃嘛嘛香！”我用力支撑着双腿站起来，站起来之后双腿还是抖得像筛子。

“好好说相声，你说得很棒。以后来美国说相声，我有好多朋友都喜欢听。”说完，他就拍拍我的头，走了。

妈的，我在中国小茶馆都说不完，还得去美国小茶馆接着说？！

晚上泡脚的时候，我突然想起来一件事，就在我成绩烂得一塌糊涂的时候，我家老爷子让我去说相声。我躲在被窝里哭了一夜，想着我这么一个好好的姑娘成天打扮得像个爷们儿也就罢了，居然以后还是个说相声的，想想我就痛不欲生。那天我一晚上都没睡着，天刚蒙蒙亮的时候，我用小手指在耳朵里掏了很久，终于掏出来一小块耳屎。记得小时候妈妈给我洗澡的时候，我总是不让她帮我洗耳朵，她就吓唬我说：“这个东西一定要洗干净，要不然，掉了出来，不小心吃掉了，就该变成哑巴了。”

我看着那点耳屎，失声痛哭，心想着，就让我变成哑巴吧，就让我变成哑巴吧！然后毅然决然地吃了下去。当然，我没敢细尝，所以你不要问我耳屎是什么味道的。

第二天早上，我肿着两个豆沙包一样的眼睛走进厨房，突然闻到一股香味，脱口而出：“妈，今天早上吃啥？”说完这句话，我就愣住了。妈的，他们骗我，然后我鼻子一酸就开始哭。

我妈和我家老爷子还以为我在为没有考好而难过，欣慰了好一阵子，给我的零花钱都涨了一倍。

想到这儿，我突然笑了起来。我想，他们可能是怕以后家里招赘一个男人，我养不起吧。我这么弱不禁风的，总要有一技之长才能养得起男人啊。

最后，祝坦坦和焦娇娇两个人踏着初升的太阳离开了培训班，把我留下了。原因很简单，因为一共就两张公交卡。但是他们俩说了，一定会回来救我的。

我等到培训班培训结束才又看到他们俩，他们俩是回来取东西的。我刚要炸毛，他们俩就从包里拿出来一张门票，叮嘱我，一定要去看他们唱歌。

我呆呆地点点头，目送着他们俩离开。

三　叔（3）

三叔分盗墓的和说相声的，我是说相声的。

大家好，我叫刘三叔，我从少林寺培训班回来了。

从少林寺培训班回来之后，我一下子瘦了15斤，整个人跟根面条似的，经常迎风飞舞。我家老太太怕我被风吹走了，领我出门的时候，都得往我腰上系根绳，而且吃饭的时候，顿顿都有肉，什么肥吃什么，可我还是没胖。

我家老爷子看着我这根面条直叹气，明明是让我强身健体去了，怎么会变成一张面巾纸回来了。

我家双胞胎姐姐和我视频的时候倒是很开心，觉得我变样子了，变得好看多了，脸上的肥肉没有了，看起来真是清爽，就是小秃头太酷炫，她们截了好几张图，准备当屏保。我一顿翻白眼表示不满，但是她们都不搭理我。

准备关视频的时候，她们和我说："等着扑面而来的男孩子吧！"我又翻了个白眼，关掉了视频。

结果，果然……惊悚！

下半学期一开学，就遇到两个傻小子向我表白。

一个长得白白的，戴着眼镜，话还没说完，脸就熟透了。我慈善地站在那儿看着他傻笑了二十分钟，他才把话说完。我鼓励他说："下次说得再顺一点，早上起来没事的时候就说说绕口令啥的。"说完我就走了。我觉得他太嫩了，不忍心下手。

另一个就活泼多了，蹦跶蹦跶的像作业都写完了的样子，穿着一身黑色的摩托车赛手服，半低着头走到我面前，问我他帅不帅，要不要做他女朋友。我白了他一眼，想了想，又白了他一眼："你十八了吗，你就谈恋爱？"他没理我，但是斜着看了我一眼。

我很无奈，于是玩了会儿发梢，就把假发套拉了下来。当他看到我毛茸茸的"肉蛋"脑袋时，不用看我就能感觉到他的嘴角在无意识地抽搐。这也是个眼睛不太好的可怜孩子，我拍了拍他的肩膀，大笑着从他身边走过。

他们俩叫什么名字我都没记住，好像听我同学和我提起过，但是我并不想知道。

寒假时我被我家老爷子逼着去练了练功夫，我的身体更瘦弱了不说，脑袋还秃了。我这样的造型非常影响我们班同学的学习——他们每天光顾看我的脑袋，都不认真上课了。于是，我觉得不能再这样下去了，再这样下去，我们老师该让我上台讲课了，然后我就去买了一个假发套。

假发是用说相声时的赏钱买的，我很喜欢，喜欢它是因为它是长的，是齐腰的！哈哈哈哈……

买完这个假发套之后，我傻笑了一天。晚上在小茶馆排练相声的时候，刘有名以为我捡钱了，旁敲侧击了半天。我偷偷地趴在他的耳朵上说了这事儿之后，他的眼睛都变大了一圈，咬着嘴唇坏笑着让我哪天拿来也给他看看。我一个巴掌拍在他的额头上："想什么呢！让我家老爷子看见怎么办？"

刘有名想了想，说："那我下次去你学校看你吧！小美人？"我嘴上高喊着："看招！"一个高抬腿想给他来一个下劈，结果他跑了。我家老爷子这时正好路过，看见我踢腿的样子很是开心，觉得我没有放弃自己的身体，觉得我还是挺铁骨铮铮的！

他满意地点了点头，让我再给他踢一个。

我站在原地踢了三十多分钟。

晚上说相声的时候，我的小腿突然抽筋，在台上抖了起来。我家老爷子鼓励地看了我好几眼。于是，我临时加了一段"筋斗云"的段子，在原地蹦了好几个来回，才缓了过来。

呵呵。

我们学校的学生都是穿统一的校服，所以一般分男女都是看头发。自从我带上假发之后，就遇到了各种各样的表白，高的、矮的，瘦的、胖的，扁的、圆的……什么样的都有，大多数的人我以前都没见过，有些好像还是"三环十三少"（这是个帮派的统称，我也不知道到底是第几少）的少爷，这让我受宠若惊。

我的天啊！咬咬手指头，窃喜。

从小到大也不是没有人和我表白过，不过以前都是姑娘啊！突然冒出来这么多男人让我挑，我也真是不好意思下手。哈哈哈，真是既惊喜又悲伤。

周六回家的时候，我的笑容太过于爽朗，终于让我家老太太和老爷子察觉到了不对劲。在他们极力追问过后（其实是拷打），我得意扬扬地说了这件事。

“妈，我跟您说，别提了，您闺女这个招风、这个美，他们就差没排队给我买早饭了！哈哈哈！老太太，您没想到吧，嘿，别说您了，就是我也没想到啊！哈哈哈！”

我妈提溜着一袋豆角坐到我面前的沙发上：“继续说。”

“这个星期都四个了。您说我是不是特漂亮，漂亮得都让人欲罢不能了吧？”我笑得特别夸张，估计唾沫星都打在我妈的脸上和豆角上了。

“你最近好像胖了？”我妈淡淡地说着。

我愣了一秒之后，悲伤了起来：“真的吗？唉，可能是最近心情太好，吃得有点多。我昨天晚上就不该吃羊肉串，不该吃那30串羊肉串啊！”

我正低头嘟囔呢，我妈又来了一句：“吹牛吹多了都这样。”

我哇地一下就哭了。

晚上我妈说想看看我的假发，我家老爷子就开车带我去了学校。从学校出来以后，我拿着假发，从校门口一个“筋斗云”就跳到了车上。

“走嘞，老爷子。”

我家老爷子从我手里拿过假发就套在我的脑袋上了，捏着我的下巴来来回回看了好几遍才放开我。

回家的路上，我一直用手机和刘有名在QQ上闲聊，嘴里还唱着“超级玛丽”（最近有点迷恋这个游戏，对于拯救公主这件事，我表现得欲罢不能），很是欢脱。

我家老爷子好像有点不开心，一直没有说话。我偷偷地看了他几次，觉得他的嘴唇闭得实在太紧，紧得已经全是褶子了。不过我没敢说话，我怕一个说不好，他就把我的假发没收了，那我还得再买一套。

“小光头其实也挺好看的。”快到家的时候，他突然来了这么一句。我：“啊？”他没回答我。车停了以后，我还是很莫名其妙，挠着脑袋一脸不明所以地跟着他往家里走。

“你今年不是才十七吗？”他开门的时候又问了我一句。

“啊！是啊！”我傻子一样回答着。然后他又没有下文了，这是要把人憋死啊，这是要干什么啊。

“爸，您怎么了？我说，老爷子，咱们话能不能一次性说完？您这是看我晚上没吃饱，然后给我点话噎噎呢？您……”我话没说完，只见他慢慢地回头，幽幽地看了我一眼，然后我就把后半截的话咽下去了。这眼神我没见过啊！要揍人的眼神是不是这样的？我有点害怕。

我在客厅里心惊胆战地喝着茶，我妈就在旁边一眨不眨地盯着我看，看得我更加心惊胆战。我觉得我的假发是保不住了，但是起码得想个办法不挨打啊！

“三儿啊，回去睡觉吧。这个先放我这儿。”我妈一脸慈爱地看着我。我心里更怕了，没敢接话茬儿，我应了一声，就回屋了。

晚上我做了个梦，梦见我顶着一颗“肉蛋”满世界跑，还没穿衣服，一会儿跑到长城上，一会儿从比萨斜塔上摔下来，周围全是人，把我臊得啊，脸和屁股一样红！

第二天5点钟我照旧被叫了起来。

喝了两口水，深吸了一口气，“嘿哈”两声之后，我就站在阳台上破口大喊了起来！

“说我诌我就诌，闲来无事捋舌头：什么上山吱扭扭，什么下山乱点头，什么有头无有尾，什么有尾无有头，什么有腿家中坐，什么没腿游卞州……双扇门，单扇开，我自己出谜儿自己猜。车子上山吱扭扭，瘸子下山乱点头，蛤蟆有头无有尾，蝎子有尾无有头，有腿儿的板凳家中坐，没腿儿的粮船游卞州……”

越说嘴皮子越溜，越说越起劲。

刘有名曾经说过，我嘴唇厚厚的、嘟嘟的，总像在跟人撒娇的样子，特别适合说贱贱的捧哏。我当时特别不服气，这会儿想想，却觉得不对劲。我觉得我嘴唇厚这件事应该是每天起早练贯口磨的！要不然我是不是也能“脸小精悍”地刻薄一回啊！

这亏吃的，自己还不知道呢。

6点半的时候，我家老爷子从房里出来了。我听见开门声就下意识地回头看了一眼。看了一眼不要紧，还吓了一跳，我家老爷子的黑眼圈大得那叫夸张，都黑得发紫了，吓得我赶紧跑过去哄他。

“哎哟，怎么了，爸，没睡好啊？您说您都这么大年纪了，怎么还跟小年轻似的想那么多啊？我不就带个假发嘛，以后不戴了还不行吗？至于睡不好吗？弄这么大黑眼圈多难看啊，出门都得戴面具了。您瞅瞅您这眼袋，都掉地上了……”我刚练完贯口，嘴巴秃噜得有点快，话就跟蹦豆似的跑出来了。

平时我要是这样，我爸早就一个巴掌把我拍墙上了。可是这次他不但没打我，还一脸慈爱地看着我笑了笑。我一哆嗦，后背上唰地一下起了一层冷汗，使劲地扯了扯嘴角，还了他一个龇牙咧嘴的表情之后，就跑到我妈那屋去了。

“妈，我爸怎么了，怎么那么瘆人啊？您都不知道，刚才他看着我宠爱地一笑，我都快吓昏过去了。”

还是我妈比较正常，她瞪了我一眼，然后从床边把我的假发递给了我。我欣喜若狂啊，但是接过来一看，也不知道怎么回事，这假发上的头发就跟被谁蹂躏了似的，这个乱啊。

“你爸没事，就是看见你戴假发了，有点伤感。”

“多新鲜啊，我戴假发，他伤感什么啊？”

“我们不是一直把你当儿子养着嘛，总觉得能留在身边。这回像姑娘了，你爸内心里不就起了微妙的变化了嘛。他有点小惆怅，你不用管他。”

我收回下巴，吹了吹假发上面的灰尘，点了点头，回屋换衣服去了。

我的内心就像刚刚经历了海啸和地震，发生了什么？这是怎么回事？不过我上次也说过，我这个人就是随遇而安，想不明白我就不想了。我一直对数理化就是这种心态，我觉得很好，虽然考试的时候头发比较疼（扯得），但是大体上并不影响我的生活（我有计算器）。所以，我总是乖乖地接受老天爷给的一切惊吓。

吃早饭的时候，我爸还是那副被抛弃了的样子，嘴里的鸡蛋没嚼几口，就开口说道：“昨天我和你妈商量过了，假发就不没收了，你就戴着吧。总是个假小子的形象，以后别说招赘了，嫁都嫁不出去。周末让你妈再你给你买两条裙子。”说完就叹了几声气。

我低头在桌子下面看了好久，才看见我的下巴。等我费力收回下巴的时候，饭也都被我爸吃完了。一早上“掉”两回下巴，谁的挂钩受得了啊，反正我是受不了。我一脸惊恐地问着我妈。

“我要买裙子了？啥？嗬！今儿这是怎么了，这是怎么回事？”我刚开始是蒙的，后来缓过来了。哈哈哈，我激动得全身的每个细胞都乒乒乓乓地跳起来了。

我爸和我妈昨儿看了我的假发造型之后，也一致认为我变好看了。中国武术奇妙无穷，真是太神奇了！我心里直翻白眼，得，把功劳归于我去学功夫了。他们怎么不夸夸我会长呢？小时候跟个土豆似的看不出来，长大了还不准人家当当菜花啦！

他们觉得，想要延续香火，外表也很重要。戴个假发好，当香火不一定非要弄得跟个假小子似的。

我差点号啕大哭，但我确实哭了，挂了一滴眼泪在眼角。过了年我转运了吗？说明我年初戴在手腕上的红绳起作用了啊！我二姐当初送给我的时候，就说这是转运的，一定能有好事发生，我当时还不相信。现在信了，五体投地地信了。

可能是我爸觉得以前那个傻小孩终于长大了，有点伤感。不过我一直都特别尊敬我家老爷子，虽然他逼着我学相声，但是这一点也不妨碍我尊敬他。我决定，他的世界就让他拥有，我温柔，不打扰他。

我妈也觉得这么下去不太好。她最近在网上看新闻的时候看到了好多奇妙的事情，她有点怕，怕我真的喜欢姑娘或者姑娘喜欢我之类的，香火这事儿就真的断了，于是她借着这个机会，不再让我当假小子了。

哈哈哈，管它是什么原因呢。我能穿裙子了！

周六我和我妈去逛商场的时候，我兴奋地说："妈，顺便给我买个粉色的牙刷啊。"

日子过得舒爽，人也精神了起来，好几节数学课我都能听懂了，简直是不可思议！

在一个多云马上下雨的日子里，刘有名给我打电话说，要来看看我。因为虽然我妈给我买了裙子，也同意我戴假发，可是去小茶馆说相声的时候，我总不能穿裙子啊，我还是得穿大褂，刘有名因此至今没有看过我扮姑娘的样子。

我点点头，豪气地说："放学后我在校门口的那个超市等你。"

放学铃响了之后，我就立刻冲了出去。外面下雨了，风还很大，我按着假发一路狂奔到校门口。刚出校门，我就看见"三环十三少"的儿子的把兄弟把刘有名给围住了，还推了他好几下，我惊呆了。

三秒钟之后，我箭一样冲了过去！

"怎么回事啊？"我挤开他们，挤到刘有名面前。

"哟，这不是刘三叔吗，你认识他啊？你认识我就给你个面子，今天就不收拾他了，改天你请我吃饭就行了。”把兄弟们纷纷点头同意，笑嘻嘻的，还起哄。

我回头看了刘有名一眼，刘有名满脸通红，显然是烧起来了。雨水落在脸上瞬间就蒸发了，散出一阵阵的白气！

我不是惯孩子的家长，一看这架势，我就知道刘有名被欺负了。我二话没说，助跑一阵跳上去就抓住了其中那个最凶的把兄弟的领子，然后抡起胳膊就给了他一拳。

他们全都被我吓傻了。可我没有在意这些细节，我的怒火快把头上刚长出来的绒毛全部烧没了，噼里啪啦给他一顿乱揍，他也没还手。我觉得总是打一个人实在是太欺负人了，于是从他的身上跳了下来，对着那帮把兄弟一人踢了一脚，才慢悠悠地走回刘有名身边。

我看到刘有名的手里拿着一团黑乎乎的东西，定睛一看，原来是我的假发！我的假发怎么在刘有名手里？刘有名后来告诉我，我助跑跳到那个男的身上的时候，假发就掉了，他怕我心疼，就给我捡回来了！

这些都是细节，这些都不重要。

我拉着刘有名走的时候，回头看了他们一眼。那个被我打了的兄弟红着脸迷茫地看着我，我也迷茫地看了看他。

“你刚才真是太酷了，穿着裙子就敢蹦到人家身上去，还打了人家好几拳！不过，就是姿势有点……那个，你穿裙子也不怕走光，你看你给人家吓的，都不敢乱动了！噼里啪啦的手速啊……”后面他说了什么我没听清，走光了？我受到了惊吓。

走光了？

后来，听说以前和我表白过的“三环十三少”的儿子和他的把兄弟们打了起来，原因好像是因为我。不过我那段时间认真学习……认真学习来着，也没太管。

经过那件事，没几个人跟我表白了。好多炸天头的小男孩看见我还毕恭毕敬地喊几声“三爷”，这让我非常舒爽！

大笑了好几天，又断断续续地笑到了放暑假。

“给大家做个自我介绍，这里有认识我的，比如服务员；有不认识我的，比如门口穿蓝棉袄的那个大爷。我叫刘三叔，这是我的搭档，刘有名。”

“三叔啊，你这名字起得真是有创意啊！”

“哈哈哈，有名侄儿，这你就不懂了吧，我这是占便宜。”

“谁是你侄儿！”

我依旧过着业余上课、专业说相声的日子。嘿，有时候当当三爷，我也是乐呵呵地应了。

我家老爷子常说我和别人家的孩子不一样，从小就不知道什么是愁。每到这个时候，我心里就赞赏地看着他说：“怎么可能不知道呢？不说罢了。”

暑假的时候，我大姐和我二姐回家的第一件事就是拉着我试她们给我买的各种各样的假发，还把她们的衣服也给我换上，我像芭比娃娃一样，被她们拉着换了好几套衣服，一直傻笑着配合。

天知道我想穿她们的衣服想了多久了。

当她们抱着我傻笑，给我化一层层的妆的时候，我心里又开始翻白眼，做女生真是麻烦啊。

做女生真是好麻烦啊！

时间静止，想
起你都是温柔

如果有下辈子，我给你当妈妈。

——青果记于2012年9月

/一颗青果子/

当我早上醒来，阳光从闪着钻石一样光芒的玻璃窗里照射到我脸上的时候，我的眼睛还没有睁开。是晴天啊。

6: 03 AM，我站在窗前看着外面，楼下的康奶奶提着一个菜篮子正向菜市场走去。路两旁的花坛里，那些小花在摇摆，不知不觉我的小屁股也跟着一起摇摆起来。我闭着眼睛，用力地吸着空气，能闻到泥土的味道。

“青果，下来，不要趴在窗台上。”

我悄悄地撇了下嘴，然后一骨碌从窗台上翻下来，转身露出一个茶花一样清新的微笑：“春慵，今天是晴天哟，我可以出去玩两个小时的，对吗？我可以穿裙子，对吗？”

“今天我要考试，等奶奶来了再说。”

Yes！我的嘴像茶花一样开了，变成了一朵大笑茶花。

“不过今天只能玩一个小时，你昨天玩得太久了。”

“春慵，春慵，昨天只不过多玩了三十六分钟，没有到一个小时呢，春慵。”

“那也不行。青果，洗洗手，马上要吃饭了。”

“爸爸，那我今天就玩一个半小时好了，好不好，爸爸？”

“等奶奶来了再说吧。我先去给你弄东西吃。”

他刚转过身，我的舌头就伸了出来，向他吐了很久。小气鬼。这是沈春慵，鼻子很挺的沈春慵，眼睛很大的沈春慵，还有大大的双眼皮、个子很高的沈春慵，我的爸爸沈春慵。

我的名字叫沈青果，五岁。很快很快，再有一个半月，我就六岁了。我的心脏上面多了个小眼儿，所以我不能跑，不能跳，不能哭，不能大笑，就是平常坐在沙发上，有时都会喘很粗的气。当时春慵抱着我去看的医生说我最多活到五岁，可是我今年已经五岁了，我打破了他的魔咒。这些话是我偷偷听奶奶和春慵说的。当我问春慵的时候，他说：“那是给睡美人下咒语的坏女巫说的，只要青果不乱蹦蹦跳跳，不大哭大闹，每天开开心心的，就会从青果长成成熟的红果。”所以心脏病和我纠缠这么久，我抵死不从，到最后也没有遂了它的心意，没有跟它你侬我侬。它很生气，所以总是半夜来找我，吵醒我的梦。

“青果，不要磨蹭，快点去洗手。”春慵的声音不大，总是很温和。

我挠挠凌乱的头发，慢慢地挪到卫生间，梳好朝天的小辫子，顺便把手淋湿了。这算是洗过了吧！

“青果，洗手要用洗手液洗出泡泡来，不然今天就待在家里吧。”

扑哧，扑哧，扑哧。由于挤了太多的洗手液，泡泡太多，我拧不开水龙头："春慵，我需要你的帮助哟。"

早饭是一杯牛奶、一个煎蛋、一片培根、两片面包，还有一大堆的蔬菜叶与西红柿片，难吃到极点。我装作漫不经心地慢慢把蔬菜叶和西红柿片摆在旁边，眼尖的春慵在下一刻立即把它们又填了回来。气馁！最讨厌吃西红柿！

"青果，今天的小辫子都飞到天上去了。"我扭过头继续啃着西红柿。春慵起身到我身后，散开我的小辫子，重新梳了起来。春慵不会梳小辫儿，却总是喜欢给我梳，搞得我每次看见他盯着我的小辫子的时候，都能看到他跃跃欲试的目光。结果，每次梳完了，不是左边有个小包包，就是右边有个小包包。

"春慵，西红柿是大魔王的食物吧？可真难吃啊！"

"西红柿是打破女巫魔咒的食物，快点吃。我去学校了，你在家乖乖地等奶奶来，有事情就给我打电话，不要爬上窗台，谁敲门也不许开，奶奶有钥匙。"春慵可真是啰唆，我悄无声息地用眼白看了他一下，我发誓我没有瞪他。

如果我把表调得快一点，奶奶是不是就能早一点来了？我每天就是想着玩，是不是一个肤浅的小孩儿？昨天电视上的西装男人指着那个女人的鼻子说她整天只会逛街、花钱、到处玩，真是肤浅。哦，天啊！肤浅也是大魔王给我的标签吗？可是外面对我来说真的是诱惑力极大啊！如果可以去儿童乐园，我愿意一个月不吃巧克力。

开门的声音传来了，奶奶来了。

“青果，想不想奶奶？”奶奶拿了好多东西进屋，我也可以拎一点，所以抢着去帮忙，结果奶奶只给了我两根葱让我抱着。

“想！”我拉着奶奶的手，同样给了奶奶一个如茶花一样清新的微笑。

奶奶是个好看的女人，头发总是一丝不乱地盘在脑后，裤子上面一点褶皱也没有，还没说话，嘴角就先有了微笑，温柔得像我那装满水的浴缸，像我床上的兔子枕头，像外面花坛里的花。这样的女人是春慵的妈妈啊！春慵真是好福气，所以春慵才会那么好看，声音也总是温和的吧。

我也想要一个会对我说话、给我唱歌的妈妈。可是我的妈妈只存在于照片上，照片上的妈妈旁边也只有春慵，没有我。以前每次和春慵说起妈妈，春慵都会眼睛红红的，像我的兔子枕头，所以我就不再说了。我想妈妈一定是被大魔王封印起来了，等我长大了，我会披着金色的铠甲去救妈妈，就算被大魔王打倒，我也会高喊着：“我一定会回来的。”

“奶奶，我可不可以穿这条裙子？春慵说我今天可以在外面玩哟。”我拿着那条绿色的连衣裙比在身上，笑着对奶奶说。我感觉我的嘴角都要碰到眼睛了，如果奶奶再不答应，就要抽筋了。

“好吧，不过还要披一件外套哟。青果，你的小辫子又是乱乱的。”奶奶重新梳起了我的小辫子。与春慵不一样的是，她给我梳了两个小辫子。他们怎么总是和我的小辫子过不去？

清凉的风吹在脸上的时候，我觉得天空都比刚才亮一些。可惜暖暖去上学了，没有人和我讨论鸡冠花为什么叫“鸡冠花”。

妈，你说怎样就怎样，只要我能陪着青果长大。

——沈春慵记于2012年9月

/春意慵且绵/

我喜欢抽万宝路和红双喜。每次都是反锁上房门以后点上一根，狠狠地吸上两口，再往外走。有时吸得太用力，我会感觉到肺部有一阵强烈的刺痛，然后心脏快速地跳动几下，这时我就会想，青果不舒服的时候，是不是也是这种感觉。

我抽过的烟，可以布满整片天空，然后适时地下起一场酸雨，毁灭很多东西。可是直到现在，我还在。

学校总是一副不谙世事的表象，其实里面包裹着多少乌烟瘴气、烟视媚行，谁都知道，就是谁都不说。

“慵子，今天带青果子去我那儿吧。我妈和我爸跟着旅游团玩儿去了，晚上我给青果子换换口味，天天吃你的面包片也不是那么回事啊。”项安逸总是喜欢人在我左边，却拍我右边的肩膀。而且，他说得对，我只会做三明治。

“好，晚上我妈走了，我给你打电话。”我们俩之间不提谢，那样显得娘们儿，显得不像兄弟，“好好考吧！别又没过，还得补考。”说这句话的时候，我头也没回地走进了考场。不过我知道，他一定在我身后比中指，因为他就算昨天恶补了一夜，今天也未必能及格，我却从来不用补考。

从口袋里拿出笔，顺势带出了一张小字条，掉在地上，我捡起来看了看，是我的青果写的。“春yōng爸爸，加yóu！”字可真丑，还有拼音，左下角的那个梳着朝天辫的笑脸小姑娘可一点也不像她。我的嘴角开始以45° 向上扬起。

傍晚的天空，总是让你觉得非常想抓住点什么，因为你感觉到了时间的流逝，就像刚经历了龙卷风。你看到了自己失去的东西，却只能眼看着它消失在你的视线里。回家的路上，我又狠狠地吸了五根烟，直到感觉喉咙里有要呕吐的感觉才停止。

“我回来了。”打开门，我看到青果仰躺在沙发上，眼睛一眨不眨地看着电视。听到我回来了，她立刻小步溜到我面前，然后向我90° 鞠躬，一脸傻兮兮地笑。

“春慵大人，您回来了。”

我用余光看了一眼电视，上面放着日本某个不知名的动画片。这颗青果子已经被无情地荼毒了。

“奶奶回去了吗？”

“是的，春慵大人。奶奶大人说，锅里有饭菜，她要回家去给爷爷大人做饭了。”

我抬头看了一眼天，还有些微亮。我把青果叫到身边：“青果，今天我们要去安逸叔叔家里睡，可以听话吗？”

“爸爸，我是乖青果。”

青果的眼睛像我，但是嘴巴总是喜欢抿得紧紧的，这像美意。我的生活总是会在遗忘和被揭开中度过，每当心上结痂，又总会出现一把新的刀具给它再添伤口。可我总是缄口不言，谁也不知道我是否疼痛，谁也不知道我是否受伤，我不给任何人机会，我不会流露出任何萧索的预兆。

在收拾青果的衣服与药品的时候，我看见了墙角挂着的铃铛，它让我想起了徐美意——沈青果的妈妈。

我和徐美意是学校严打、家长严防的早恋。经常在晚自习的时候，我约她到教学楼顶层，然后拉着她的手，看着她的脸红得像要滴出血来。有时候我也会从后面抱着她，看着楼下的校监拿着探照灯一个角落一个角落地寻找着躲在角落的情侣。

大学录取通知书下来的那天，项安逸提议去游西湖，我“诱拐”了徐美意。我们坐了四个小时的火车到了杭州。晚上我抱着徐美意的时候，她总是会默默地哭泣，温热的液体会顺着我的脖子流到我的锁骨上，因为我们报考的不是同一所大学，她总是害怕时间和距离，她说那是最让她恐惧的东西。

夜晚是私欲战胜理智的时刻。在杭州的第一晚，我就和徐美意相互融合在了一起。最后一刻，我浑身颤抖着，抓着她的头发，我能看到她紧紧抿着的嘴唇，也能感觉到她的指甲用力地掐着我的后背。

杭州之行总体还是令人非常满意的。上午的时候我们一般不出门，下午坐在西湖边上看看来来往往的小情侣，我抽着烟，和项安逸乱侃。晚上就是夜摊与啤酒，聊如果我们此刻多了环游世界的钱，会不会抬脚就走。半夜我还能和徐美意一起听到项安逸在隔壁和另外一个女人的喘息声。我突然觉得世界离我很远，不过也可能就在眼前。

大一刚过三个月，徐美意就打电话和我说她怀孕了。我说："那你等等，这个周末我陪你去医院。"徐美意半天没说话，三十秒之后，她把电话挂了。

之后，我发疯一样地找徐美意，结果她凭空消失了。学校说她办了休学，她全家也都移民去了加拿大。可是四个月后，项安逸带我去见了一个女孩子，她抱着一个婴儿，说那是我的孩子。

我给她取名叫青果。

徐美意死了，因为早产引发的大出血。她死的时候，她的父母还在加拿大给她准备留学的事情。

青果今年五岁了，还有一个半月就六岁了。她因为早产，胎儿期营养不良，导致先天心脏就有疾病。医生告诉我的话，我到现在都还记得："等过了五岁，多活一天都是赚到了。"我妈总说让他们来养青果，我还可以交女朋友，我却始终回答：“妈，你说怎样就怎样，只要我能陪着青果长大。”

青果一到项安逸家，就会和他家的萨摩耶滚到一起去，一点也不像个女孩子。今天项安逸在家里做了火锅，青果坐在桌子前面，眼睛上上下下、左左右右地转个不停，想伸出手去，又怕被烫，但是香气像羽毛一样撩拨着她。她拼命地咽口水，不时还用眼睛瞟我，因为她不会用筷子。哼。

“安逸叔叔，我帮你尝尝它们熟没熟，好不好？”

项安逸完全没有理会青果的自告奋勇，反而夹起一片羊肉往嘴里送去，这时青果的眼神立刻变得直勾勾的。我揪了一下青果的小辫子：“青果，注意口水，一会儿安逸叔叔会笑你尿裤子了。”刚说完，我发现青果轻轻地瞪了我一眼。

“哎哟，青果子会翻白眼了，可真像你。慵子，给青果子夹肉吧，已经熟透了。”

我夹了满满一盘子肉和蔬菜，用调料拌好了递给青果。她抱着盘子站起来，轻轻地抿着嘴角，脸上出现了一丝小小的得意，然后笑眯眯地看着项安逸：“谢谢安逸叔叔。”她笑的时候，像一朵小小的茶花。

晚上我抱着在我怀里熟睡的青果走到房内，把她轻轻地放在床上，走回客厅，关上门，打开窗，点上一支万宝路，狠狠地吸了一口。这些动作我做得非常连贯，一气呵成。

“慵子，放松点，青果子活蹦乱跳的，健康着呢。”

“安逸，我想美意了。”

“你妈劝你再找一个，你说什么也不同意。去年晴好那么追你，你都不同意。照你这脾气，谁能欺负青果子？”

“安逸，我现在还爱着美意，我想她，而且经常能梦见她。”

“慵子，我还是那句话，放松点，日子都是过出来的，谁也不能把谁难死。明年我们就毕业了，青果子的费用我拿一半。”

项安逸面前的酒杯已经空了，不过我知道他没喝多。我担心的不是生活费，我只是担心青果会离开我。我经常半夜梦见青果脸色惨白地躺在医院的病床上。她小时候病危过很多次，我总是看着她小小的额头上冒出很多冷汗。如果不是疼得受不了，她绝对不喊出声来，只是紧紧地抿着嘴唇，发现我在看她，还会慢慢地挤出一个微笑，说：“春慵皱眉的时候好丑，像格格巫。”

兄弟就是，我不说，他也全都知道。所以我和项安逸几乎一夜喝光了他家所有的酒。天空的颜色像打碎的鸡蛋一样了，混合着蛋清蛋黄的颜色，照着我的脸，我承认了一件事情：无论年轻时的情感如何，从过去到现在，我的心中有很大一块地方是徐美意住着。

从今往后，让我牵你带你走，换你当我的宝贝。

——青果记于2012年11月

/唯愿时光无尽时/

生日的时候，我就是女王，无论我说去哪里，春慵都会点头答应。我爱过生日！今天是沈青果的六周岁生日。要不要比一个胜利的手势呢？

早上春慵在厨房煎蛋的时候，我想告诉他今天早上我想吃油条，结果不小心咬了舌头，“油”字还没有说出来，就闭着眼睛慢慢地吸着凉气。好疼，眼泪都出来了。

“青果，洗手了没有？”

呜呜，我根本说不出来话嘛。咬舌头这么笨的事情，是我要藏紧实的秘密，绝对不能让春慵知道。青果都六岁了，在他的眼里还是一样的傻兮兮。

深吸了四五口气，我才觉得舌头不再火辣辣了。“春慵，今天我不要吃蔬菜叶和西红柿哟，我想吃油条。”说完以后，我就安安静静地坐到餐桌旁，想着如果春慵端过来的不是油条，又是面包片的话，我就……我就……我就吃一点点好了，而且青果已经六岁了，是绝对不会翻白眼去瞪他的。

早餐是瘦肉粥、油条，还有煎蛋。我爱春慵！

“青果，下次不要捏着鼻子说话，不好听，像格格巫。”

我的脸一下子红成了猪肝色。绝对不能说是咬了舌头！不过春慵真是个记仇的家伙，我说过他皱眉的时候很像格格巫，他居然这么快就报复回来。我一边想着，一边用力地舀着碗里的粥，大口大口地吃了起来。

“青果，嘟嘟嘴，我给你擦一下。真是没想到，青果的下巴也可以吃饭。”我刚要反抗，春慵就掏出了一个方方的盒子，“这是安逸叔叔给你的礼物。”我打开一看，是一盒巧克力，有白色的婚纱裙形状、黑色的西装形状、高跟鞋形状，还有包包的形状。我一定又笑成了大笑茶花，而且完全把反抗的事情丢在脑后了。

春慵说今天会带我去游乐园，虽然只能玩旋转木马和摩天轮，但可以吃一小杯的冰激凌。不仅可以去儿童乐园，还有巧克力吃，大魔王一定是离我远去了，哈哈。

出门的时候，春慵仔细地检查了一下我衣服的扣子，他说虽然今天太阳很大，但是11月的天气仍然会让很多小朋友感冒，鼻涕流到嘴巴里。他形容得可真恶心啊！男人总是这样，就不知道照顾一下女生的心吗？

我哼哼，再哼哼。不过春慵根本不理我，我只能偷偷地用眼睛瞪他。这对春慵来说只不过是轻轻地搔了一下痒，可是对于我，那是一种什么样的摧残啊！哪个小朋友是被爸爸包得严严实实的抱着坐旋转木马的？不过春慵的怀抱很暖呢！如果他的下巴是光滑的、没有胡楂蹭我的额头，才最舒服。

“春慵，我上辈子是你的情人呢！你可真是幸福啊，有我这么一个我见犹怜的前世情人，这辈子还能被你抱在怀里。”我骨碌骨碌地翻了个身，更舒服地靠在春慵怀里。

“春慵，我昨天听了一首歌，很好听，我唱给你听。”

青青的草地，蓝蓝天，多美丽的世界。
大手拉小手，带我走，我是爸爸的宝贝。
我一天天长大，你一天天老，世界也变得更辽阔。
从今往后，让我牵你带你走，换你当我的宝贝。

“我看看脸蛋红没红？说这样的话应该会脸红的。可能是青果的脸皮太厚了吧，完全看不到红色。”春慵说这句话的时候，我觉得春慵好像偷吃了我的巧克力，声音干干哑哑的。我偷偷把巧克力又查了一遍，才放心下来。

“哎哟，不许捏我的脸！”

他的力气可真大，无论我怎么挥手蹬脚地挣扎，左脸还是被他捏了好久。我那可怜的左脸！总有一天，我会捏回来的。接下来的半天我总是在偷偷瞄着春慵的左脸，吃冰激凌的时候、坐摩天轮的时候。唉，要不是他长得太高，我是不会放过他的。哼哼。

雪，洋洋洒洒一大片一大片地从天上掉下来，我想伸出舌头去接，春慵却趁机用围巾把我的笑脸捂得更严实。“青果，我们回家吧。今天爸爸给你煎牛排。”当然，我知道还有蛋糕。早上出门的时候，我看到春慵偷偷地把蛋糕的收据藏到床左边第二个抽屉里了。

楼道的声控灯亮的时候，我看见了一个穿着乳白色风衣的婆婆和穿高筒靴子的叔叔。

“阿姨。”春慵看到他们的时候，眼睛好像早上的荷叶，微凉，还有露珠。

啪的一声。

“你们不可以打我爸爸，不要打我爸爸。”春慵被那个婆婆狠狠甩了一个巴掌。我抱着春慵的腿，心疼地看着春慵那被印上五个指印的左脸。“你们凭什么打我爸爸？”我突然觉得气得头发都要冒烟啦。我像一头愤怒的小牛，不顾一切地冲了上去。春慵想抓却没抓住我。

我的拳头还没有挨到那位婆婆的身上，人就被婆婆紧紧地抱在了怀里。“你是青果吗？”

“你们为什么要打我爸爸？”我不依不饶，对她拳打脚踢，因为他们伤害了我的春慵。我一直是个坚强的小姑娘，每天吃西红柿都没有哭，可是当我看到春慵左脸上的五个红色手印时，泪水就像下雨时我家的屋檐，雨珠成着串，不停地滚落。

眼前好多星星，黑色的、白色的，一闪一闪。声音好遥远，有时候能听见，有时候听不见。呼吸上不来了呢。

“青果！”这是春慵的声音啊。

无论你是东方的神仙，还是西方的神，求你留下我的青果。
——沈春庸记于2012年12月

/徘徊心头与眉头/

无论是哪家医院，都弥漫着一种消毒水的味道，明明是屠戮病菌的味道，反而更令人觉得周身都被病毒包围。最后一次见徐美意就是在医院，不过那时她的灵魂已经不在那似青非红的身体里了。

医院天台的风很大，一点也不像当初我抱着美意站在学校天台时柔和。当年美意总是窝在我的怀里，说她可以陪我一起流浪，就穿着那件印第安样式的衣服走街串巷。青果那胡言乱语的个性，一定是遗传自她。

青果现在躺进了无菌病房里，戴着氧气罩，身上插着各种管子，心电监护仪上显示的心跳频率时快时慢。我隔着玻璃看青果的时候，视线总是不能聚焦，眼前也总是模糊一片。也许是最近没有休息好，总是会被哈欠带出很多眼泪，所以我总是仰着头，不让眼泪流出来。青果，你睁开眼睛看看爸爸，好不好?

送青果来医院的那天晚上，我看着医生一根根地往青果身上插管子，手颤抖得连一根烟都找不到，好不容易拿出了打火机，却被他们一巴掌打掉。

“阿姨，你打我，美意也回不来了。青果，可能也要走了。”我咬着嘴唇极力地控制着不要哭出声来，可谈何容易。

他们是美意的妈妈和弟弟。美意刚离开的时候，她妈妈抱着她的照片哭昏了过去，接着大病了一场，打过我很多次，直到昏迷了三天之后，才被家人接回了加拿大。美意的弟弟怕他妈妈看到青果伤心，便草草地和我签了放弃抚养青果的文件，也急匆匆地赶回了加拿大。

“沈春慵，我是来替我女儿接青果回家的。”

“户口本上清清楚楚地写着青果是我的女儿，我家你们昨天已经去过了，如果是为了美意的事情，阿姨，当初我年纪小，不懂事，可是青果是我的女儿，她要和我在一起。”

“可是你自己还是个孩子啊！何况青果的情况那么特殊。你每天都要上课，以后还要上班，怎么能照顾她呢？”

我不能想象如果失去了青果，我会怎么样。刚想回头深吸一口气，就看见项安逸扶着我妈过来了。

“我们怎么就不能照顾了呢？慵子上课时还有我呢，我上课时还有沈阿姨呢。青果子经不起折腾，你们走吧。”项安逸是我兄弟，他知道我不能没有什么，却可以一直不需要什么。

之后的对话，我一句都没听进去。因为我看见青果的呼吸突然变得急促，我发疯一样喊着医生，不知道手该放在哪里，我想进去陪着她，可是他们不让我进去。我的青果，你很坚强的，对不对？

老天，请你听听我的祷告：无论你是东方的神仙，还是西方的神，求你留下我的青果，我愿意用我的一切来和你交换。

不知道是他们听到了我的请求，还是青果不肯离开我一个人走。总之，她留了下来，只是睡觉的时间永远多过醒着的时间。

今天早上，我看到阳光照到病房的地板上，我想，如果青果看见了，一定很高兴，因为有大太阳就意味着她可以出去玩。我坐在医院走廊的椅子上，看着始终陪在青果床边的徐妈妈，就像有千万根针扎在喉咙里，我却一根也拔不出来。

她是真心疼爱青果，不论青果对她这个外婆多么礼貌性的疏远，她都会在每次青果醒来的时候高兴得像个孩子，笑得眉梢眼角都有暖意。

项安逸偷偷把我叫到了走廊里，给我点了一根烟。

“慵子，我这儿就6万块钱。我知道不够，没有的我再想办法。你一直都不用徐美意她妈妈的钱也不是办法。青果子这次的情况你也看见了，要手术的话，我这点钱也就能做个零头。”

我刚想把钱推回去，项安逸一甩手把钱扔进我怀里，就头也不回地走了。我上前一把拉住他：“安逸，这钱我不能要。”

“别以为养了个女儿就能当妈。少啰唆，拿着，我是青果子的干爸。”

项安逸走了，他说晚上来替我，说青果每次醒来看见我的时候

时间和日子不温不火，不冷不动人，平淡地过着。我有时候坐在床边反而觉得，太阳没有动，是我自己左摇右摆才造成了日升日落。

喜怒和哀乐

有我来重蹈你覆辙

都以为我在扮演我爱罗。

青果已经度过危险期了，不过还是需要住院。我坐在她的病床边，看着她苍白的脸，心里说不出地翻江倒海。

“爸爸。”

“青果醒了？头还晕不晕？想要点什么？有没有哪里不舒服？有的话一定要告诉爸爸。”

“唉。”青果居然叹了口气，“春慵爸爸，你的脸还疼不疼？”

“早就不疼了。你要不要吃点什么？水果，还是小蛋糕？但不许吃巧克力。”

“春慵，我现在吃不下。”

“好。”

“春慵，我可以捏一下你的左脸吗？”

“好。”

我假装被她捏得龇牙咧嘴，看她紧紧地抿着嘴，那样清新的笑，像一朵茶花。

“春慵，你累了吧？”

“不累。”

“春慵，我哪里都不去。”

“嗯。”我的声音已经变得沙哑。

“春慵，就算你一辈子只会做三明治，我也不会嫌弃你。”

“爸爸等你出院了给你煎牛排。不过我还是会逼你吃西红柿的。”

“我爱你，爸爸。”

“我也爱你，宝贝儿。”

幸运的人不懂痴情

早上醒来以后，我坐在床边，费力地用两根脚趾夹起袜子，穿好衣服之后推开门，赤脚站在街上，呼吸着带有水汽的空气，头痛欲裂。又宿醉了。

把臭袜子都塞进背包前面的格子里，这必须带回家让老太太帮我洗。嘿，老太太，您儿子要回来啦，拜个晚年，您就别拿大葱甩我脑袋啦。

2014年1月31日，大年初一，我在暹粒。大柬埔寨，美!

年前，我家老太太说她某个闺蜜的女儿出国回来了，某个闺蜜的侄女长得跟朵牡丹花似的，让我找个时间，大家年轻人一起“哈皮哈皮”。我说:“老太太，我不都给您买了两条狗了吗，您怎么还能有事没事就想起我来呢?花坛里的花儿就是要长在花坛里。”

小市民就该有小市民的架势，娶不起，我也不装大尾巴狼，老太太老爷子的钱，我不惦记。唉，时至今日，我仍是一个人事部职员，什么旅游、探险、谈判、销售、时装展什么的，都和我八竿子也打不着边，咱就是普通爷们儿一个，但是小伙子倍儿精神。

赶上春节迁徙大潮涌动正欢的时候，我一张旅游机票到达柬埔寨，下了飞机还不忘打个电话给老太太，说:“要骂儿子的话得等两天，多想想新词，这话费也挺贵的，回见了您哪。”

我左边有一个哥们儿，脖子上挂着个和我小臂一样长的相机;右边有一个妞儿，拿起某自拍神器，站在各种看不见中国字的地方自拍。我乐了一下，拿出一根烟叼在嘴里，没敢点。

我们呼呼啦啦一堆人去酒店登记入住，呼呼啦啦一堆人上电梯，呼呼啦啦一堆人排队等人员到齐，呼呼啦啦一堆人去吃自助餐，呼呼啦啦一堆人喊着难吃，呼呼啦啦的人啊，“药药，切克闹”。

跟着旅游团走，听着高棉语，还有各种著名的景点可以看，我唯一的感觉是这边的姑娘黑了点，不过身材还不错。

溜达各个景点，真是让我觉得不化妆都不好意思出门。我们一帮人戴着小红帽行走在暹粒的小路上，高棉语我听不懂，不过也知道路边蹲着的那两个柬埔寨爷们儿正在说：“哟呵，又来一帮人；哟呵，长得可真丑；哟呵，你看那个正在看我的傻 ×。”

没溜达一会儿我们就回酒店休息了，第二天去吴哥窟。

第二天早上，天还特别黑，我就被抓起来了，说是要去吴哥窟看那个什么日出——天空中的那一点红。我要是个写字的，我就感慨一下：“天空透着深邃的令人捉摸不透、不肯安好地与我轻轻低语此处不与他人所言的秘密，日月交替边际红，早。”可我是个还没睡醒的大老爷们儿，此刻我唯一能咆哮出口的是：“都给老子滚远点，爷不去了！”说完，我蒙上被子准备继续睡。刚要睡着，就被一个重物压在后腰上，差点一口气没上来，差点就把憋了一早上的尿撒在床上了。我掀开被子一看，是一个长得哪儿都小小的姑娘，身高可能都不到一米六，小细胳膊小细腿的。我就纳闷儿了，我刚才怎么觉得压在我身上的怎么也得是个两百斤的东西啊？我脱口而出：“你有病吧？孙猴子脱胎没地方撒野吧？起来，起来，没看见下面一个大活人被你压着啊？”我看着她大口喘着粗气，吹得刘海儿还忽闪忽闪的，大眼睛也忽闪忽闪的，红扑扑的小彩云挂在脸上，刚想说有点意思，就被她唾沫星子喷了一脸："祝坦坦，你最近行情涨得不错啊，是被哪个女人收了，还是从此念经吃素了？女人自己跑你床上去了，你不拿你的肚子欢迎，也该娇羞一点啊！骂起人来嘴皮子比以前利落多了呀。"

我仔细看了看这姑娘，转圈儿想了三遍也没想起她是谁。我都怕一会儿她一开口和我说："爸爸，我是谁谁谁的女儿啊（谁谁谁是某一任女朋友），我叫祝福你，你看姓都和你一样！"

她拿起我床边还剩半杯水的杯子，一仰头就把半杯水都干了。一滴水顺着她的嘴角滑落到领子里，我不自觉地就咽了咽口水，心想着，这要是我闺女，得多暴殄天物啊！水喝完了，她就直勾勾地看着我，也不说话了，好像是想等着我说点什么。我感觉我此时此刻好像被扒光了，不过我的确是光着的，就一个小裤头儿遮着羞，其他的都在被子外面呢，我都能清晰地看见我有两根腿毛掉在了离我小腿两厘米的床脚上！

"你是谁呀？"

"看这么久了还没想起来呢？我是沈佳宜。"

我又呆傻了好久，我他妈的穿越了？

"妈的！哄小孩儿呢？沈佳宜，你大爷，沈佳宜！"

"啧啧，起床气还没过呢啊？"

“你到底是谁呀？”

“简真心。”

谁？我好像脖子上顶着俩脑袋一样，继续呆傻了一会儿才发现已经不能像初中那样用光速计算出 α 和 β 了，现在连回想上个月钻我被窝的女人的脸都得用排除法。我估计她是看出来我又进入呆傻的状态了，突然间冲我咆哮了起来。

“高中同学啊！你还欠我506块8毛的那个简真心啊。”

“哈哈，你呀！”

我一下子从床上蹦起来，兴奋地看着她。刚想拥抱她一下，又觉得这么赤裸裸地抱上去，要是起了反应，我还得缩回床上去，那样显得我更猥琐。于是我一边眉飞色舞地问她怎么也到这儿来了，一边抓起沙发上的裤子穿起来。

这姑娘是我几年前一个哥们儿的女朋友，名字叫简真心，外号叫小真心。这姑娘家里倍儿有钱，老爸是什么银行的副行长。她和我哥们儿谈恋爱的时候，我就经常听我那哥们儿吹牛，说只要回家小眉头一皱，她爸就塞给她一把钱；小嘴巴一噘，她爸就给她一张卡；给我哥们儿买烟都是一条一条地买，玉溪、苏烟、大中华……我当时站在台球桌旁，心里暗暗发誓，我也要找个这样的女的，到时候我也成天找别人吹牛。可放眼一看，我周围方圆一百米没有一个妹子。这让我长吁短叹了好久，梦里都经常梦见我在一个豪华的加长车里，左手晃着红酒，右手晃着妹子。

还记得那时候，我们一块儿出去喝酒聊妹子，我那哥们儿总是把小真心晾在一边，小真心就坐在一边自己玩，刚开始是看漫画书，后来是看杂志。等到我那哥们儿已经喝得开始呼喝着第二天就能喊来一卡车人把我们一个个都办了的时候，小真心才过来把他拉进自己那辆卡宴里，轻轻地说几句“再见”之后，绝尘而去。再后来，我哥们儿就又换了一个妹子，继续坐在我们身边自己玩，不过是玩手机。

分手就分得特恶俗！我哥们儿搞上了小真心的闺密，被抓现行的时候还死不悔改地大声嚷嚷：“你不懂我的生活，你不了解民间疾苦！”我觉得“搞”这个字放在这里一点都不侮辱他，就是搞上了，相互地搞上了。

再后来，我就听不到小真心的任何事情了。我那哥们儿咋咋呼呼一个月后也颓了，而且是彻底地颓了，好长一段时间都不出来见我们。再去他家的时候，桌子上散落着各种烟头，都是五元一包的，名字我就不说了。

事实严肃地告诉了我，钱还是万能的。那些吹鼻子瞪眼睛喊着“哎呀，我真他妈清高”的人，晚上说不定在哪个低俗的人的被窝里窝着呢，没人供养着，他们没有清高的资本。

简单地说一下这次重逢的结局，就是我扭着背角（我就穿了条四角裤），含情脉脉地（人家可是副行长的女儿，我发誓，真的，我一点也不清高！）看着小真心，并希望她能去楼下那个难吃的自助餐厅等我一下，千叮万嘱一定要等我。

此时的我正在莲蓬头下欢脱地洗热水澡，所以回忆起以前的事情比较朦胧。不过我的宏愿我至今都不能忘怀，那就是也找个这样的姑娘，天天和哥几个吹牛，天天胡吃海塞，还得天天阳台上抽着根烟说：“我真他妈寂寞。”

到了自助餐厅以后，我看见小真心坐在一个特别显眼的地方，看见我过来了，她还冲我招手。

“祝坦坦，这儿的东西太难吃了。你要是想在这儿请我吃饭，然后再重新回忆当年叉叉叉的，咱们就此别过，从此老死不相往来。”

我的屁股刚贴上椅子不到两分钟，一个迷人而又勾魂的笑容刚挂上唇角，就被这句话打蒙了。蒙了的主要原因是，我在国外想请一个姑娘吃饭，我容易吗？我在国外就知道这么一个吃饭的地儿，还语言不通，我容易吗？

“那你说咱们去哪儿吃？我昨天刚到，我也不是本地人啊。”

“那先喝水吧！你怎么到这儿来了？”

她一问这个，我就来劲了，哀怨地、楚楚地和她说：“我家老太太最近得了一种叫‘不抱孙子就心情不好’的病，主要病症就是，只要我在家，她就在择菜的时候叹气，拖地的时候叹气，看电视的时候说‘要是有个满地溜达的小崽子，我起码能多活十年’，天天给我介绍女朋友，稍微一打听人品，只要是不打骂父母的、不缺鼻子少耳朵的，都让我去请人家喝咖啡，喝得我天天晚上睡不着。早上起来睁开眼睛，我家老太太就哀怨地看着我一天。虽然我买了两只狗给她养，可是丝毫不能阻碍她想要给我找个女人去降服的激情。然后我就跑了，天南地北地跑！”

“那你为什么不找一个呢，哪怕先应付一下啊？”

“我是王八蛋呗！”

“别闹，说正经的呢。”

“小真心，你结婚了没有？”

“离了。”

“我估计也还没有，性格变这么多，扯皮扯得这么溜……离了？”

“嗯。”

“你够快的啊！”

“嗯。”

我突然不想说什么了，就一口一口地喝着杯子里的水。喝完了以后，我又让服务员给我添了一杯水，忽视了她鄙视我的眼神，因为我们没点餐，就一杯一杯地喝水，继续喝水。

“祝坦坦，我刚才看到你的时候就觉得特别亲切，一嘴骂人的话也特别好听。真不是矫情！自从我爸死了以后，我很久没觉得有谁这么亲切过了。”

“你爸死了？”问完，我就一迭声地咳嗽（我被呛到了）。

“死了，就在我结婚的第二年。我爸被人检举生活作风不检点，某社区某女士自称是我爸多年的情妇。不过我不相信，我爸也说不是。祝坦坦，你发个毒誓给我，说你绝对不会说出去。”

“我绝对不说出去。”说这话的时候我头顶顶着三根手指，背后还扭着两根手指。

“嗯！我爸不可能有情妇，就是有情妇也得是个男人啊！”

一迭声的咳嗽！

“你知道吗？我从小就没有妈妈。我一直以为我妈妈死得早，我以前虽然腼腆，但我脑袋还是很灵活的。我见过一个叔叔十多年，每次他们俩都说有事需要去房间里谈，有一次我还听见了点声音。唉，我爸这么多年都没带一个阿姨回过家。不过我觉得真爱无敌，别的都不是问题罢了，一直没说破过。”

一迭声的咳嗽！

“结果第二天，报纸上就出现新闻说我爸‘包二奶’，为‘二奶’置办房产。第三天，报纸上说我爸为贪图一己私欲亏空800万公款。第四天，说我爸准备携款潜逃，结果被抓起来了。”

不能再假装咳嗽了，已经咳嗽不出来了。

“我爸被抓起来没几天，就听说死在看守所里了。我在停尸房看见我爸的时候，他的左眼是紫黑色的，鼻梁是塌的，嘴角都是血，胸口渐渐泛出青紫色。”

我进入了想象状态，不过表情是呆傻的。不得不说，这是第一次有一个女孩子在我耳边絮絮叨叨地说她家里过去的事情，而我却认真地听了下去。按照往常，我只想着说怎么让她崇拜我，最好是能主动扑到我怀里。

“然后我就过得不开心啦，然后我就离婚啦。”

我经常听别人说，他们回忆自己过去的时候，或者是看着别人回忆过去的时候，如果像在说陌生人的故事，和自己无关，才能证明是放下了。可我怎么看小真心的表情都是不安的，虽然她没哭出来，但还是散发出了女人独有的小可怜样，让我产生了无限的保护欲。

我拉着小真心：“走，哥哥今儿请你吃好的，你说去哪儿，咱就去哪儿。”

很久之后，我回忆起来这段时间，都觉得是模糊的。

刚走到酒店门口，就碰见了我此行的导游。他看见我时那着急而又激动得鼻涕眼泪直流的样子，让他严重怀疑我是他被人贩子拐走的儿子——呸，不是，是被人贩子拐走的爸爸。

他说团员们都已经去吴哥窟了，他刚开始没看见我们，以为我们只是找个地方发呆；后来以为我们上厕所了；再后来，觉得不能再用幻想的方式证明我们的存在了，就来找我们了。我问他那儿有什么吃的，他说就俩面包。我说“够了”，就拉着我的小真心和他一起去了吴哥窟。

吴哥窟四周方圆不足几千米都被一种强大的宗教磁场包围着，什么男女某器官也是教派之一。人类的头骨，人类为自己的精神依托所塑造出来的神魔，眉毛、眼睛都是从人类衍生出来的，多手的，多脚的，闭着眼睛的，诸如此类。

小真心说：“你有信仰吗？”

“没有，老子信父母。”

“那你跪在那儿拜什么呀？你就不怕他们真的显灵了，然后对你这个伪教徒大显神通？”

我都不记得我是在什么时候进入了胡思乱想的呆傻状态，也不知道怎么呆傻得还能下跪，但丢人怎么也不能丢面，我立刻反驳：“我是杀人了，还是偷你了？起码我还愿意拜拜，看在这个面子上，他们怎么也能宠我两年，顺风顺水啥的吧。”

小真心一巴掌打得我后脑勺左边大右边小：“我是你想偷就能偷的吗？”

“是，是，破船还有三根钉，你，我还是高攀不起的。”

“知道就好！”

“不过我还是希望你过得好。”

肉麻的话，我之前听了都起鸡皮疙瘩的话，现在说出来就像喝凉白开一样，不仅不难受，还特别润喉。

“小真心，我记得我十五年前喜欢姑娘的时候，姑娘得不能化妆、齐刘海儿，平时说话不能太大声，可是和我一生气非得冲过来扭我两下。十年前喜欢姑娘的时候，觉得画着妆露着大腿和后背的女人可真有劲，恨不得上去啃一口，可是当时我很㞞，其实现在也这样。五年前喜欢姑娘的时候，看着别人的女人总是比自己的好。而且你是那种齐刘海儿、不化妆、声音小又露大腿露后背的姑娘，我觉得你挺好，但是朋友妻不可欺，这一点我还是记得牢牢的，当个朋友喜欢着呗，我一直也没动过啥邪念。你消失了之后，我有过一段时间比较想你，但是也就只有一段时间。”

“祝坦坦，你够了啊，你现在表白，我死都不会答应你的。”

我看见她的脸突然变得红扑扑的，然后说：“我记得我曾经看过一部电影，里面说一个女孩子家里破产了，她身上穿的衣服永远都是那一件，不花哨，不夸张，看着就不是什么今天搭配款和每日推荐搭配那种，踏实，但是高贵。没错，我看得出来什么叫高贵，我只是有点近视，不是瞎。”我趁机躲开她打算过来测试我视力的手，接着说，“她去她表妹家，看着一屋子花花绿绿的衣服，她表妹每天费心搭配，可她还是那一身。我那时候就觉得，真正的有钱人，不是我花了一年的工资给你买了个爱马仕或者路易威登——其实那样看着更穷酸，而是你从小就生活在那样的背景里，那些钱和奢侈品只是装饰你生活的一部分，那是拿着一款同样的包所代替不了的东西。”

“你酸不酸啊？”她看着我没有表白，立刻又欢脱起来。

我还没说完呢。我打断她，又说：“你爸爸过世了，你又离婚，现在手头上肯定没钱。都说一夜暴富人们都能接受，一夜没钱就可能都去跳楼了，我觉得你真坚强。”

我看着她红了的眼睛，觉得该说句俗的了。

“我那儿还有点钱，要不咱俩一起？”

“你是不是想死啊，祝坦坦？！”说完，她就蹲在地上哭，号啕大哭，我怎么拉都拉不起来，吓得小心肝扑通扑通的，“你别哭啊，其实我就是想说，我以前就喜欢你。虽然你现在没钱了，但我那儿还有点，我都不嫌弃你穷，你就别嫌弃我了。”

完了，她哭得更厉害了，真是君不见黄河之水天上来，冲不死我，不复回！

此时此刻我要是个情圣的话，我就知道这个我喜欢的姑娘已经爱上我了，但是为了装一下，为了以后不被我拿住，才忍着没有扑向我怀里。可是现在的我能想到的是她还有完没完了。

很久以后，我想起那段时间，就觉得我真纯洁、真善良，我就是一个好人。

七天之后，在一个宿醉的早上，我拉着小真心回了家。毕竟这样遭遇过苦难的姑娘一定知道生活的艰辛，这样的姑娘才能和我白头偕老。

我家老太太一开门，刚想把眼睛立起来，我就把小真心推了过去。我家老太太一股怒火硬生生地被憋了回去，手里的一把芹菜还在空中飘舞。

吃饭的时候，小真心在我妈亲切又和蔼地盘问她的家事之前，先把我拉进洗手间，然后和我说："那个，我结过婚又离婚那事儿，是假的。""假的？"我激动得嗓音横跨五个八度。"嗯，我爸死了还是同性恋的事情，也是假的。"我直接失声。

她毫不客气地打了我后脑勺一下："你就偷着乐吧！我当时就是出去散散心，我爸过年没时间陪我。我就是想知道，你们喜欢我，是不是都是为了钱！"

说完，她就走出了洗手间，连一个"你是傻瓜"的白眼都没有留给我，所以我又呆傻了，心里反复咆哮："妈的，你玩我呢？妈呀，你是不是玩我呢？"

初次见面，请多指教

我迷迷糊糊地睡到半夜，突然感觉特别渴，想喝水。挺着九个多月的大肚子，我真是不愿意起床，但最终还是被渴醒了。用力地咧嘴假哭了两声，我还是不情愿地起来了。仔细感觉了一下，口渴，但是也想上厕所，我又假哭了两声。实在不想起来啊，为什么我体内的水不能形成一个多功能自动循环系统再利用啊？！无语的我想，尿在床上算了，但还是哼哼唧唧地摸黑开了灯，然后坐在床沿上纠结着是先喝水还是先上厕所：要是先喝水，我怕我还没走到厕所就控制不住了；上完厕所再喝水，总是感觉依旧尿意森森。

我像一只怀了孕的毛毛虫。不对！我本来就怀了孕。我像一只毛毛虫一样在床上拱来拱去地摸索着下床，蹒跚着找拖鞋，心里无比凄凉。

“你干吗去？”祝坦坦揉揉眼睛从床上爬起来，双手环抱着我的腰，一脸幸福的睡相。

我用力地连续拍打他抱着我的手：“放开放开，放开放开，我要尿出来了。”然后继续哼哼唧唧地假哭。

“我扶你去吧，大半夜起床上厕所容易摔跤。”

“哦，拖鞋。”我把左脚伸到了拖鞋的方向。然后祝坦坦就开始吭哧吭哧地帮我穿鞋，再慢慢悠悠地扶我到卫生间，脱掉我的裤子，把我扶到了马桶上。真凉，冻屁股！

温热的液体流出的时候，我差点吹起了口哨。真舒服。但是紧接着我感觉有点不太对劲，这好像不是我膀胱里的液体。因为我还没睡醒，想了大约五秒钟的样子，又低头看了看马桶里面。有红色的液体！我吓得哇的一声哭了出来。

“老公，我羊水好像破了，怎么办啊？”

祝坦坦一听就急了：“你先在那儿坐着，我收拾收拾东西，马上带你去医院。”

然后就是屋里收拾东西的声音。

祝坦坦去收拾东西了。我抽搭了半天也没人理我，索性就不哭了，还神经质地仔细感受了一下。我好像还有什么事情没做。于是我慢慢悠悠地上了厕所，解放了膀胱，然后坐在马桶上发起呆来。

“走吧。”祝坦坦收拾好东西准备帮我穿衣服去医院。我制止了他。

“等一下。”我紧锁眉头，“我好像有点拉肚子。”酝酿了十分钟后，我又哭了出来，“妈的，可能是阵痛。”

当风一样的祝坦坦开着风一样的小奥拓拉着胖墩墩的我到达医院的时候，已经是深夜3点多了。天上还飘着毛毛般的雪花，落在耳朵上就化了，真冷！我哆哆嗦嗦地哈了口气，然后搂着祝坦坦的脖子，任由他抱着我进了医院。

值班医生检查了一下，说：“还早呢，先住院吧。今天晚上好好休息一下，明天早上再看看。”

祝坦坦哼哧哼哧办理完住院手续躺在床上的时候，已经清晨6点钟了，窗户外面还下着雪。那是一种特别小的毛毛雪，没有风的时候就透过窗户在我眼前嘚瑟地晃来晃去，一阵大风吹过，雪就滚出去十万八千里了。我嘿嘿地笑了两声。

祝坦坦已经在我身边占了个位置睡着了。他一边睡觉一边还吧唧嘴，吵得我心里好烦，索性就一嘴亲过去，狠啄了两下，他就老实了。

看着他的睡脸，我默默地叹了口气。我睡不着，因为我肚子疼。

8点半的时候，一阵阵痛刚刚过去，我咬着下嘴唇，想着等小崽子出来一定狠狠地揍他一顿，想得我牙都磨得震天响。由于咬牙声音太大，我吵醒了祝坦坦。

“怎么了，老婆？呼，对不起，我睡着了。我本来就想躺在你身边抱你一会儿的。”祝坦坦翻身下了床，用湿巾擦了擦脸之后，居然从包里翻出一罐发蜡，然后对着镜子一小撮一小撮地捏着头发。

“祝坦坦，你少臭美一会儿不会死的。老娘已经快疼死了，你是不是真的不爱我？”说完，我又假哭了起来。

“我今天就能见到我女儿了，我得帅一点。”祝坦坦边说边对着镜子继续一小撮一小撮地捏着头发。

“你怎么知道是女儿啊？你给医生塞红包了？”我恨恨地咬住牙。

“……”

检查之后，医生说：“回去等着吧，没事的时候还得多走动走动。”

我抓着祝坦坦的胳膊，一小步一小步地挪着，忍着尿意，艰难地挪动。痛的时候我就站在原地死死地咬着嘴唇，等到不痛的时候再继续往前走。祝坦坦说我可能疼傻了，平时假哭得可好了，现在连真哭都不会了。

10点的时候，一阵剧痛袭来，我没忍住，然后喊了出来：“哎呀妈呀，疼死我了。”

这时病房门口走进来一个穿着花花绿绿衣服的女人，有着跳广场舞的身段，在门口张望着。我一看见她就忍不住了。

“妈，我不想生了，我不想生了，谁爱生谁生吧！好疼啊，妈妈。”我哭得梨花带雨的，鼻涕都快流到脖子上了。祝坦坦实在看不下去了，就在一旁帮我擦。

我咬牙切齿地拍着祝坦坦的手：“你走开，你走开，我讨厌你，都怪你。我不想生了，妈妈。”然后继续扑在我妈妈怀里哭。

“你哭得妈妈心都碎了。乖宝宝，不哭啊，都快当妈妈了！你看旁边的人眼泪都快笑出来了，你是哭的，她们是笑的。”我回头恶狠狠地目光如炬地一一扫过她们，心想，看什么看，你们也快生了，看你们到时候哭不哭！

“妈妈，你怎么才来啊？”我抽抽搭搭地哭着。

“早上坦坦才给我们打的电话，我就赶紧去你家给你收拾了点东西。刚才看到坦坦的时候，他还说你没事呢，怎么一看见我就哭了？是不是我变老了？”一边说着手还一边摸自己的脸。

“妈妈，你能不能不要这样！”我现在不想哭了，想死。

“乖宝贝，你是我生的，我当然知道很疼啊，但是很值得。乖，妈妈牵着你。”

我还是很想哭，抽搭了很久之后，还是扑到妈妈怀里哭了起来。

“妈妈……”

等到我疼得已经连吸冷气都是个力气活儿的时候，医生才告诉我“去产房等着吧”。

进了产房，躺在床上，我感觉自己的腰像吃了一筐柠檬，已经要酸爆了！我躺不住，总是左左右右地翻动，想让自己舒服一点。产房的床特别凉。祝坦坦坐在我旁边握着我的手，看我疼得脸都白了，他眼圈也红了。

“我以后绝对不让我女儿生孩子！”祝坦坦哽咽道。

“姓祝的，信不信我分分钟掐死你。这个时候你应该担心的是我。你老婆受罪你就不心疼了？”我气得眼睛大如洪钟。

“乖，吃口巧克力，补充一下体力。”祝坦坦一脸的谄媚。

“老娘没心情！”我转过头去，再也不想看见他。

没过两分钟，我刚想转过头去撒娇说：“老公，人家腰好酸啊，你帮我捏捏好不好？”就听见医生把祝坦坦叫走了。我自己把手放在腰上，结果手没力气，捏不动，手也是冰凉的，还不如不捏，我就放弃了。

现在周围没人了，我也就笑不起来了。我想妈妈，我想哭，我又不敢哭出声来，就咬着嘴唇默默地流眼泪，心里什么也没想，就觉得委屈。

护士来给我输液的时候，看我哭得那么惨，往我手上插针头的时候都小心翼翼的。我估计她可能是怕我哇的一声哭得惊天动地。

肚子最疼的时候，手因为输液也最疼的时候，我想起了关于妈妈的好多事情。

1998年发洪水的时候，我还只能从电视上看见灰色的大水和黄色的大水，乌泱乌泱，冲垮像积木一样的房屋的画面。我每天还是该上学上学，该吃饭吃饭，课间十分钟也得拉着她们跳皮筋，我跳得最高，所以总是被她们当成宝贝，想和我是一队的。

我家那边属于高地，洪水上不去，但是流言蜚语上来了，好几个晚上我妈妈都听大家说，凌晨三四点的时候会有一股洪水偷偷摸摸地爬上来。我妈妈就晚上不睡觉，等我睡着了给我穿好衣服，自己也穿好衣服，把存折、户口本都套进塑料袋里装好，就这么抱着我坐到了天亮。早上我吃早饭的时候，一边往嘴里塞着鸡蛋，一边听妈妈说：“昨天晚上你睡得像大象一样，沉死了，怎么摆弄也不醒，口水还抹到自己头发上了。”

正在吞咽鸡蛋的我，一下子被噎得脸红扑扑的，急忙喝口粥，还把舌头给烫了，最后泪眼汪汪地捏着自己的头发，带着哭腔喊着：“妈妈，洗头发！”

…………

从五岁开始，妈妈就总是一边看电视，一边语重心长地说：“你怎么长得一点也不像我和你爸爸呢？我是不是抱错了？你看电视里经常这样演。”

“才不是呢，妈妈，你别乱说。”我漫不经心地瞥了她一眼，然后开始吃果冻。

“嗯，肯定是抱错了。我记得当时有个农村的女人和我是一天生的，也是个女儿呢。”她仔细回忆了一下。

“妈妈，你乱说。”我气鼓鼓地吃着果冻。

“哎呀，你看你，一点都不像我，也不像你爸爸，我怎么是乱说的呢？要真是抱错了，我要去农村把我女儿换回来啊，怎么能让我的女儿在农村吃苦呢？”说着，她还着急地起身就要穿衣服。

“妈妈，你不准去！你就是我一个人的妈妈。”我已经带着哭音了。而且我很害怕，我没见过那个农村的妈妈，我不知道农村的生活是什么样的，不知道农村的小朋友是不是也互相猜谜语做游戏，我害怕妈妈把我丢到农村去喂狗啊！

“那可不行，我不能抛下我的女儿在农村吃苦，我一定要换回来。”说着，她已经下床去穿鞋了。真是坏妈妈。

“妈妈，我错了。你不要去，我以后都听话，你别把我送走啊，不要把我送走。我以后一定听话，我好好学习，再也不淘气了。妈妈。”然后就是来来回回重复这几句话，哭得撕心裂肺。

我妈居然在旁边笑得前仰后合。当我终于意识到她真的是在骗我以后，我哭得更加伤心了。我心里默默地想着，我可能就不是亲生的，我要是亲生的，她不会这么对我的。

哼哼。

小时候我的语言表达能力特别差，自己很饿和很累的唯一表述就是哭，不知道怎么了，肯定就是身体不舒服。妈妈就会看看时间，看看天气，确定我是想吃东西了、想睡觉了，还是便秘。

有一次我特别想吃我家乡特有的一个东西，就和我妈妈解释了半天：“妈妈，我今天想吃那个圆圆的、小小的、一个挨着一个的，还是白色的东西。”

我妈妈就开始猜：“糖葫芦？”

“不对，糖葫芦是红色的。”我摇头。

“裹着白糖的糖葫芦？”妈妈继续询问。

“妈妈，请你放弃糖葫芦这个猜想。”我摇头。

“葡萄？”妈妈继续询问。

“不对，葡萄是紫色的。”我摇头

“裹着白糖的葡萄。”妈妈继续询问。

“妈妈，只有白糖是白色的，对吗？”我不摇头了，头晕。

妈妈猜了千奇百怪的裹着白糖的食物给我，我都说不是，最后她只好带着我去市场找，结果发现是黏豆包。

妈妈特别气愤：“你直接说是黏豆包不就好了吗？让我猜那么久。”

“……我不知道它叫什么啊！”

开始有零花钱的时候，我举着一毛钱出门，再举着一毛钱回家。我不会花钱，但是只要手里有钱，就心满意足，吃东西，还是妈妈喂给我。

后来我学会花钱了，妈妈拿了一张旧版的一元钱给我，我给当成了一毛钱，于是非常不开心地出门了，觉得妈妈真小气，一毛钱只能买一块巧克力，一元钱能买十块，真是抠门儿啊。

结果那一元钱在我跳皮筋的时候从口袋里掉了出来，飞到了某个角落里。我没在意，收拾起皮筋就回家了，到家了还抱怨着妈妈怎么就给了我一毛钱。妈妈回答我说，那是一元钱，不是一毛钱。

我为此心酸了很久，到现在想起那一元钱都觉得那时没有感受到的妈妈的爱。虽然妈妈现在依旧爱我，但是附在那一元钱上的爱是独一无二的，被风吹走了，就回不来了。

…………

当终于可以生的时候，我真的是觉得有一种拉屎一样的感觉，可是拉不出来，又好疼啊，腰也用不上力。由于太疼了，我一直用左腿胡乱踢着，好几个护士一起按我也没按住，只能任由我的左腿毫无规律地飞舞着。

医生很没有人性地说：“别喊了，吵死了，还是留着点力气生吧。”

我真想一脚踢向他最脆弱的地方，然后拍拍手说：“疼吗？别喊了，吵死了，还是留着点力气去看医生吧。”

但是我不能，我控制住了自己，我还得靠人家呢，等生完了再踢他也不迟。

疼的时间太长，我都快要疯了，但还是坚持着想，我得自己生，我得自己生，这样孩子的抵抗力才好，然后突然觉得，我怎么这么伟大，我还从来没有这么疼过呢，生出来我一定要揍他一顿，一定要！

终于生出来的那一刻，我觉得整个人都通畅了，但是也虚弱了起来。

“恭喜你，是个女儿。”

还真让祝坦坦给说对了！

匆忙之中，我看到了那个又红又抽巴的小不点，真丑。

我刚上班的时候，住的房子是和很多人合租的。妈妈过来看我和祝坦坦，一进房子里，看见每个屋子都住着不同的人，嘴里就念叨着：“我女儿过得不好，我女儿过得不好。”

我说：“哪里不好啊？挺好的啊，每个人都是这样的。”我妈妈好像没听见，还是反复地念着：“我女儿过得不好。”

第二天我带她去逛街，乘坐手扶梯的时候，妈妈抓着我的胳膊，眼睛紧紧地盯着我的脚。我迈上手扶梯了，她再紧紧地跟着我，和我站在一个台阶上。那一刻我的眼泪都在眼圈里打转儿了，却忍着没哭出来，我不想让我妈看见。

从来没觉得那个喜欢穿花花绿绿衣服的女人有一天会老，没想过有一天她会依赖着我。已经活到快三十岁的时候，我还是觉得我就是一个小女孩，我想吃糖，我想让妈妈给我买。

看着那个小生命在我眼前被抱走的时候，我想起的全都是我妈妈的脸。好心酸，不敢想有一天她离开了我，我该怎么办。

我号啕大哭起来。由于没有预兆，医生被吓了一跳，仔细检查我哪里不舒服，结果发现我只是哭，没什么身体上的不舒服以后，就不理我了。

哭的时候，我听见我妈妈和我老公说："刚才生的时候都没哭，怎么这会儿哭成这样？难道是看见女儿生得太丑了，接受不了？太不坚强了，我当时第一眼看见她的时候也觉得很丑啊，我就没哭。"

听完以后，我差点一口咬碎我的烤瓷牙。

兴 趣 小 组

最近，我一遍遍地用耳机听着王力宏的一首现场版的歌，因为什么呢？因为那首歌里有我啊，有我焦娇娇出现过。

这首合体之作的诞生，归功于我和祝坦坦一起去看的那场王力宏的演唱会。

祝坦坦是我的竹马，我是他的青梅。关于这一点，我们俩有非常大的分歧，我坚定地称呼自己为青梅，他却坚定地称呼我为竹马。

那次，他献宝似的拿出两张演唱会的票在我面前晃了一下，之后马上把票收到口袋里大摇大摆地往前走，根本看都没看我一眼。眼尖的我看到了“王力宏”三个字，一溜小跑地跟上去，点头哈腰地给他又点烟又买水地赔笑，而且不论他说什么，我都说“是是是”。这其中还包括了“焦娇娇是个小傻子”。

“这票你想要吗？”他斜着眼睛看我。

“想！”我看着他手上的票，笑得眼睛都眯起来了，我感觉我的头顶上咻咻咻地飞窜着小礼花。

“那你帮把我闫星辰搞定，我就带你去。”他斜着眼睛一脸坏笑地看着我。

Boom！小礼花集体爆炸，炸了我一头一脸的灰。

“为什么又是我，为什么？”我怒吼。祝坦坦这个男人从小就是招蜂引蝶的高手，他甚至什么都不用说，只需要往那里一站，就会有姑娘前仆后继地跑过来。

“你还想不想看了？啊？”他斜着眼睛，一脸阴险地笑，恐吓地看着我。

“想。”我弱弱地说着。

闫星辰是祝坦坦的现任女朋友，交往两个星期了，一点进展也没有。不是闫星辰不想有进展，而是祝坦坦根本不给她机会！

我问祝坦坦：“人家闫星辰哪点不好？对你百依百顺的。你都答应当她男朋友了，还每次出去约会都叫着我，你是看我嫁不出去，是吧？挡箭牌用顺手了，是吧？”

祝坦坦说：“你管得着吗？”

行行行，我不管。你当初不让我管，干吗烂摊子让我来收啊？祝坦坦，出来混迟早要还的！

我用祝坦坦的手机给闫星辰打了个电话，假装是不小心打出去的：“坦坦，这样不好。坦坦，虽然我喜欢你，但是你有闫星辰了，我不能这样做！不要，不要。”说完，我就亲了自己的手背好几口，然后挂断了电话。

结果很出人意料，祝坦坦毫发无损，我脸上多了个五指山。妈的，祝坦坦，出来混迟早要还的。

看演唱会的时候，我激动地上蹿下跳，我可是第一排。第一排！妈妈，我要看到王力宏啦！

我跟着唱，跟着跳："哟哟哟，我是一条龙。"真的太好听了，我太高兴了，于是趁人家都鼓掌的时候，我高喊了一声："王力宏，我要给你生猴子！""王力宏"被淹没在了人海里，"我要给你生猴子"却冲破人海，冲破声浪，直直地打向了王力宏的脸。我能看到他突然愣了一下，接着笑得更加温暖，继续唱着他的歌。

于是每每听到那期演唱会里的那首歌时，我都能听到我破锣嗓子发出的魔性的声音。

真是太幸福了。

之后的我，可以说是着了魔。祝坦坦一遍遍地说我把他的脸都丢尽了，我却在一遍遍地听那首歌，其实只是为了听我喊那一句"我想给你生猴子"。接着，我对我身边的每一个朋友、家人，一遍又一遍地炫耀："你听，就这句，我喊的，你听到了吗？"我小人得志的模样可能太欠揍，大家都不太买账。

刚开始他们都还装作一脸惊讶、难以置信："居然是你喊的，我听过这个。""行啊你，小姑娘嗓门儿挺大啊。"等等。

再后来，就没人愿意听了。

再后来，我自己也听腻了。

因为这件事，我做了一个重大的决定。

我拉着祝坦坦，约上孟达慕和辛小晴，去了我家小区隔壁的羊汤馆。

“咳，我有一个计划，可以让我们以一种无名的姿态留在历史的长河中。我觉得必须让别人瞧得起我们，让别人觉得我们是盘菜！所以——”我正举着筷子慷慨激昂地喊着，老板把羊汤端上来了。

“吸溜”“吸溜”“吸溜”的声音不绝于耳，人家三个人根本没理我，先吃上了。

我瞪了他们三个一眼，只有孟达慕一脸温和地笑着对我说：“你说，你继续说。”

算了，边吃边说吧。我也坐下来，吸溜吸溜地吃了起来。真香，真好吃。算了，吃完再说吧。

吃完饭，我挺着吃撑了的肚皮，断断续续地说明白了我的意思。我的意思是，要在历史的长河中留下姓名啊！咱们都是平凡的人，想要名垂青史太难了，用这样的方式记录我们存在过，也算是一生圆满啦。

孟达慕还是温和地笑着看着我，怀里抱着吃饱了犯困的辛小晴。他们俩都没有意见，作为穿着尿不湿一起长大的好兄弟，他们一般都会陪着我疯疯癫癫地四处玩耍。祝坦坦还是和之前一样，根本不想搭理我。于是我使出了最近很好用的撒手锏。

我把左脸伸了过去，脖子伸得特别长，差点贴在祝坦坦的眼睛上：“你看，我的脸，现在两边还不一样大呢！你看，现在还疼呢！你就这么对待我？”

他刚想说我那是因为最近长智齿所以牙龈肿了，才导致两边脸颊不一样大，但是被我恶狠狠的气势吓唬住了，便哀号着没有回嘴。

我给我们都起了作战代号。孟达慕叫“西红柿”，辛小晴叫“蛋花”，祝坦坦叫“橄榄油”，我叫“肥肉”。他们刚开始不同意，说名字太难听了，可是我坚定地告诉他们：“我们可是一盘菜啊，一盘菜的名字可不就是这个嘛。再说我叫肥肉我都没哭，你们反对什么？我都把最好听的名字留给你们了，你们不服气的话，咱们换名字。”

于是他们集体闭嘴，再也不抱怨了。

结果是他们彻底无视我，根本没搭理我起的代号。

深思熟虑三个晚上后，我们决定将这个历史性的一刻就交给硬币了。正面，我们挨个演唱会找场子去；反面，我们就做一种电脑病毒。因为太轰轰烈烈的事情我们也参与不了，就这两项还是我绞尽脑汁想出来的。

我们扔了五次硬币，都是反面。

面面相觑之后，我们决定再扔一次。

正面！ Oh, yeah！

于是我们开始大规模地在网上找演唱会、歌舞剧、话剧、晚会等等。

我们在市著名的步行广场上找摄像机，我们在警察局蹲点，我们在市体育馆门口徘徊，我们去电视台楼下来回走，我们去护城河里寻找钻石，我们爬小松山寻找化石……

我们就差没去网上买个探测器开始找哪里有陵墓了。

由于我这个方法太丧心病狂，辛小晴已经托病了好久不再出来了，孟达慕一脸哀伤地跟我说："小晴病得好严重好严重，每天下不了床，好辛苦好辛苦，我看着实在好心疼好心疼，我要去照顾她照顾她。"然后摸了摸我抽搐不已的嘴角，挥一挥衣袖，啥也没带走。

我觉得一定是我自己出现幻觉了，不然为什么他说的都是叠词，真是要死要死要死。好恶心啊。

祝坦坦一直都没有退缩，这让我欣慰不已，转过身想要给他一个灿烂的微笑。结果我一回头，他正在那儿盯着卖葡萄的姑娘一眼不眨地看着，口水都流到脚指头上了。我大喊："呔！妖精，还我爷爷。"然后扑到祝坦坦的身上就开始揪他头发。

我声音大、嗓门儿亮，很快就吸引了周围人的注意。大家看着我大喊大叫地扯他头发，都用怜悯的眼神看着祝坦坦。祝坦坦倒是经过大世面，一点也没有慌张，也可能习惯了我，所以不紧不慢地从他的头上把我拽下来，然后照着我的屁股就是一脚。我一下子就朝着葡萄摊飞去，吧唧，整个上半身都摔进了葡萄堆里。

那个卖葡萄的姑娘没有说什么，只是嘟了嘟嘴。姑娘后面走出来一个大汉，那大汉胳膊粗，脖子粗，腰粗，腿粗，脑袋也大。我哆哆嗦嗦地站起来，直往后躲，眼睛再也不敢看他，心里大喊着："祝坦坦，快来救我。"然而，祝坦坦并没有来。

"小姑娘，你没事吧？"

我一脸脏兮兮地看着他，抽抽搭搭地说："没事。"

那大汉脸色一变，说："没事别碰瓷，把葡萄钱赔了，上别的地方玩儿去。"

我看了看他哪儿都粗粗的身材，哆哆嗦嗦地开始掏口袋，就掏出来5元钱。这时，我能明显感觉到那个大汉脸色不善了，我腿都软了，这次是真哆嗦，不像前两次是假装的。

祝坦坦一把把我拉到身后，拿出一张100元的钞票给那个大汉，然后拉着我转身就走。我跟在他身后，边走边想，越想越憋气，照着他的后脑勺就拍了一下。他猛地回过头来瞪我，我假装看天，乐呵呵地吹着口哨。

过了没两天，我在辛小晴家吃晚饭。咳，是蹭晚饭。孟达慕的手艺还是很不错的。当时，电视上正好播出一档搞笑视频集锦的节目。我们看到一个娃娃吃柠檬的酸脸；看到一个男人跑酷被人踢了裆；看到正在睡觉的女孩被男友吓成了狗；看到……呃，我被祝坦坦一脚踢进了葡萄摊。

天啊！

辛小晴和孟达慕举着筷子目瞪口呆地看着我。我干干地笑了两声："吃饭吃饭。"

"这是什么时候的事？"孟达慕想拿出以往温和的笑脸看着我，结果他的脸不配合，眼睛在笑，嘴角却在抽搐。

"就是小晴病了的那天，被你的肉麻叠字情话恶心了的那天。"我瞟了他们一眼，发现他们表情怪异，于是说了一句："别忍着，笑吧。"然后我低头吃饭。

旁边发出了快震碎苍穹的笑声。

在我又上了电视之后，他们三个突然一致地变被动为主动，开始觉得我们"一盘菜小组"是一个非常有发展潜力的小组，于是他们兴致勃勃地加入了。

于是我们又开始了新一轮的征程。

我们在市著名的步行广场上找摄像机，我们在警察局蹲点，我们在市体育馆门口徘徊，我们去电视台楼下来回走，我们去护城河里寻找钻石，我们爬小松山寻找化石……

辛小晴爬山的时候腿都在抖，可就是坚持不放弃，让孟达慕背着到了山顶。我佩服她有个男朋友，我却没有。

又找了一个月，我们再次蔫儿了，仿佛秋天来了，春天还很远的样子。一个个严重缺水，小脸蜡黄，体重骤降。

晚上我赖在祝坦坦家里不回去，他知道我爸妈总是出差，家里没人陪我，也就没有撵我走。他打刀塔，我画《秘密花园》。

“娇娇，你每天涂那个破书有什么意思，证明你不是个色盲？”他头也没回地讽刺了我。

我没有抬头，继续挑选着彩色笔继续涂涂画画：“打发时间啊！这么漫长的一辈子啊，没人陪着，分分秒秒都能感受得很清楚呢。”

“矫情。”他语气轻轻的，有点怪，一点都没有那种欠揍的气势了。我诧异地抬头看了他一眼，心想，他肯定是打游戏打输了，万岁！

之后的几天，我找祝坦坦玩，他说他没时间；我找辛小晴，她说最近要和孟达慕过周年纪念；我找孟达慕，孟达慕说要和辛小晴过周年纪念。他妈的，你们俩有一个人过不就好了，另一个陪陪我啊！

一股郁闷之气憋闷在心里，我一口气画了两张《秘密花园》的彩页，眼睛都要瞎了。画不下去了，我就出门去玩儿。

我抓小区里的猫，抓了一手的土；我去楼下和小朋友玩滑梯，他们不带我玩……

真是无聊啊，于是我又回家了。

祝坦坦他们最后找我的时候，已经是五天以后了，那时我正在电玩城里玩连连看。接到电话之后，我还是坚持连完了一局才走。

他们让我打车去人民广场，我说我打不了车了，刚才的钱都给了电玩城了。他们一起叹气说："那你坐公交吧。"

我吭哧吭哧地跑到人民广场之后，并没有发现他们，给他们打电话，他们也不接，我急得直跳脚。我看了看手表，时间是7: 58。我就再等他们两分钟，再不来，我还得坐公交车回家。

晚上是最容易出现奇迹的时候——中国称霸世界，外星人攻打地球……还有我被祝坦坦告白。

我站在人民广场中央，看见大荣商场上的LED屏上写着："焦娇娇，做我女朋友吧！祝坦坦。"我顿时蒙了。

愣在那儿好一会儿，辛小晴带领着一帮穿着礼服的姑娘唱着歌向我走来，孟达慕也带了一帮穿着礼服的男人唱着歌向我走来。

此时此刻我已经缓了过来，第一件事就是低头看了看我的衣服。我今天去打电玩，特意穿了一身春丽（游戏角色）的衣服，还梳了个哪吒头。看着我两个手腕上绑着的彩带，顿时悲从中来。

祝坦坦穿着一身灰色的西服，手捧着一束玫瑰花，缓缓地向我走来。看到他的一刹那，我捕捉到他的脸颊和嘴角正在抽搐。

我默默地看着他，感动地说："要不，改天吧。"

“就今天，请他们来演出很贵的。”他含情脉脉地看着我。

“好。”我一脸幸福。

他单膝跪地，手捧玫瑰花看向我：“娇娇，做我女朋友，好吗？”

我扭捏着衣角，羞羞答答地说：“玫瑰花要是换成盒饭就好了，真饿啊！”

他激动得一把捏住我的脸，捏得我龇牙咧嘴。

周围都是欢呼声、尖叫声，好多好多的花瓣从我头上像钞票一样洒下来，我觉得幸福极了。

“娇娇，虽然不能实现你的一鸣惊人，可是我们先震慑人民广场就好，可以吗？”他捏着我的左脸，又捏了捏我的右脸。

我流着泪点头，不是感动的，是疼的。

我们四个还是像以前一样，常常混在一起喝羊汤、轧马路。只不过，之前都是我一个人去辛小晴和孟达慕那里蹭饭，现在是我们俩一起蹭饭，为此，孟达慕的厨艺被逼迫着长进了不少。

有一天我们在辛小晴家吃晚饭，孟达慕一脸和煦地看着我说：“我给咱们报名了《我要上春晚》，已经收到回复的通知了，下个月去北京。”

我正在喝可乐，听到这个话，全身都定住了，可乐顺着我的嘴角直直地洒在了地上。辛小晴尖叫着一把抢过我的可乐。

“既然要震惊全世界，就先上春晚吧。”孟达慕继续补充着。

“那……那我们演什么？”我尴尬得呵呵呵呵地笑着说。

他们每个人拿着自己的饭碗和筷子，一脸期待地看着我。

我只好低下头大口大口地吃饭。别再看我了，再看我就把你们吃掉。

总嫌时间不够长

我打开了浴室的莲蓬头，冷水哗地一下滋出来，溅了我一腿，不是矫情，是真冷。我先把脚放进冷水中，再把屁股和腿放进去，抖一抖。真冷。不知道哪儿吹来一阵风，我鸡皮疙瘩都起来了。一狠心，再狠心，我硬是咬着牙冲进了冷水里。我拼了！接下来，我又从冷水里一打挺蹦了出来，我刚才入水的姿势不帅，重新换个姿势进去。我真不是怕冷。

我哆哆嗦嗦地迈着小碎步从浴室里出来，拿起空调遥控器，把温度调成17℃，然后我只需要静静地等风来。

我眼含热泪地看着眼前这个漂亮得不得了的女人，看着她迷人的大眼睛，心里想着要是做别的事情也能这么轻松成功就好了。我现在体温39.5℃，得了气管炎和肺炎，需要去挂一个月的吊瓶。天可怜见的，我作死成功了，我真的感冒了，万岁！我心里默默地放着小礼花。

“大夏天35℃的气温你也能感冒？还是伤寒性的！”漂亮得不得了的女人一脸不可思议地看着我，并且伴随着一点点心疼的样子，我很满意。

“老婆，我太不小心了，让你担心了，对不起。”我一脸假惺惺地道歉，并且为了效果更有震撼力，我还不轻不重地咳嗽了几声。

“你今年都五十六岁了。”她没继续说下去，但是我觉得差不多就是：“怎么还这么不小心？怎么还像个孩子一样？怎么不知道注意身体？你还以为你是年轻小伙子呢？你还以为能天天蹦着去上班呢？你还以为一口气上七楼不费力，还能喘气呢？你现在到五楼都得坐电梯！成天不着调地想什么呢？”以此类推。

“老婆，我没关系的。你可以去照顾浓浓的，我一个人在家里，会好好吃饭的。”说到这里，我吸了一下鼻子，脸上的潮红更衬托出我此时此刻弱不禁风。

“祝坦坦！”情况有变，大事不好，连名带姓地喊我可不是什么好兆头，“你说你今年都五十多岁了，能不能不要再像个孩子一样那么幼稚啊？你又不是青青嫩嫩的小白菜了。你现在是抽抽儿的老萝卜，身体经不起这么摧残了。我不过是出国几年，又不是和你离婚，你别闹了。更何况，我照顾的还是你女儿，我是她亲妈，又不是你‘小三’，你有什么想不开的啊？有什么要争宠的啊？”

果然是这样，我刚才说什么来着！这句话字数不多，但是每个字都扇我一巴掌，噼里啪啦的声响，震得我耳膜嗡嗡的，小心脏也跳得咚咚的。

“老婆，可是我想你，我会想你的。”哎，好像有什么东西飞进了我的鼻子里，打不出喷嚏，反而鼻子酸酸的。我想了想，不能把喷嚏打到别人脸上，这是不礼貌的，然后我偷偷地把脸埋在枕头里，打了个喷嚏，还喷出两滴眼泪来，又迅速被枕头吸收了。

“那也不能闹孩子脾气啊！你把自己折腾病了，浓浓在那边怎么能安心呢？”老婆轻轻地拍着我的后背，“我们攒了那么久的钱，就是为了让浓浓在外面吃得好点，穿得漂亮点。咱俩都过了二十多年了，浓浓才陪了我们二十年，你能不闹脾气吗？咱们以后的日子还有很多啊！”这个漂亮女人居然一脸正义地、苦口婆心地、循循善诱地、晓之以理地劝我让她离开我身边。

“我才不要。我们过一天就少一天了，你休想丢下我。在国外看见了蓝眼睛的老头儿，你还能想起我来吗？到时候我签证办不下来，还不是要眼睁睁地看着你离我而去！”说到最后我嗓子都哑了，还是怒瞪着双眼，说道理不行，气势上一定要压倒对方！

“我听说浓浓交了一个男朋友！”漂亮女人丢下这句话，就“仙仙”地飘去了厨房，然后“仙仙”地做饭去了。

“什么？！”我翻出枕头下面的手机，开始给浓浓打电话。

“嘟——嘟——”没人接，居然没人接！

我一个箭步跑到了厨房，对着漂亮女人质问道：“浓浓什么时候交的男朋友，怎么没和我说啊？现在的小子那么多坏心眼儿，浓浓被他们看一眼都会变成血水消失的。”我继续嘟囔道，“都怪我长得太好看了，才把浓浓生得那么美，我觉得我好对不起浓浓。”我又认真地想了想，不行，我不放心，还是要打个电话过去！

“嘟——嘟——”

浓浓：“喂，爸爸。”

我：“你是不是交男朋友了？”我实在是控制不住啊。

浓浓：“爸爸，你凌晨3点打电话就是为了这个事情啊？”

我:“我这儿还是下午呢!你别蒙我!”

浓浓:“爸爸呀,爸爸,我们有时差啊!我再睡一会儿,等我醒了给你打电话。”

“嘟——”

“老婆,浓浓挂我的电话!”我依偎在老婆肩膀上,哭诉着。

老婆正在切胡萝卜:“浓浓那么大了,会照顾好自己的。再说,浓浓能好好地和你说完话再挂你电话,你就知足吧!你忘记上次浓浓半夜打电话过来说她的画被一个人买走了,你还不高兴地训了浓浓一顿,然后把电话扔给我就睡了?好了,别在这儿晃悠。去,把那芹菜择出来。”

我只好蹲在垃圾桶前面择芹菜。

“咳咳咳。”

漂亮女人一把把我拉起来,再顺手把我丢到床上去,然后回厨房了,在厨房里继续和我说:“看你刚才那么有精神头,我都忘记你生病了,好好躺着。”说完她继续做饭去了,我却觉得很困,迷迷糊糊地睡了过去。

梦做得很心酸,梦见老婆穿上婚纱时的样子;梦见浓浓刚出生时全身红红的,皱巴巴的样子;梦见每次加班半夜回来,看见老婆还坐在沙发上看书,我叫她过来抱一抱,她怎么也不肯。

我是被一阵香气诱惑醒的，老婆做了好吃的！

慢慢地睁开眼睛，我看见漂亮女人在我眼前慢慢地吹着一碗粥，特别香！

“老婆，你去照顾浓浓吧，我自己在家能照顾好自己。”

老婆看我醒了，舀了一勺粥放在她自己嘴里，吃完了还仔细地品了品，接着又吃了一口。

“老婆，帮我看着点追浓浓的男孩，把他们的表情都拍下来发给我啊。我在这边一看就能看出来这小子是不是不安好心，他们想什么我太知道了。”

老婆又自己吃了好几口，我咽了咽口水，没有提醒她。

“老婆，你和浓浓在外面都要注意安全。”

她居然把一碗粥都吃完了。

“老婆，那碗粥是给我盛的，对吗？”

老婆斜了我一眼，再看看自己碗里的芹菜粥说：“你想多了，那是我自己要吃的，你只能吃小米粥，咸菜都不准吃。”

“哼！”我恨恨地去盛了一碗小米粥吃了起来。

老婆坐飞机走的时候，我的感冒还没有好，不过没什么大碍了，不用打针，不用吃药。送快递的小帅哥都说我气色好了很多，不过还是要运动运动，不要总是网购；网店的小伙子也说我要出去溜达一下，总网购对身体不好，外面空气挺新鲜的。我严重怀疑他俩是网店的卧底，而且这么怀疑已经有一段时间了。

家里Wi-Fi好，出门就不能接老婆的视频了，他们懂什么？

时间和日子不温不火，不冷不动人，平淡地过着。我有时候坐在床边反而觉得，太阳没有动，是我自己左摇右摆才造成了日升日落。

昨天我给萧往打了个电话，约他出去踢足球，他却和我说他孙子会叫爷爷了。我们的友谊是要走到尽头了吧。

又到了夜晚，城市里的灯火像萤火虫一样，莹莹夺目，实际却离我很遥远。我怕黑，把家里的电视、计算机、电灯、电冰箱……带电的通通打开了，又想起老婆说只有需要加热东西时才能打开微波炉和油烟机，急忙又把它们关上了。

我喜欢有你温暖我，老婆。

半夜我做了个噩梦，突然惊醒了，想给妈妈打个电话，才想起来她去年过世了。想起妈妈抓着老婆的手，不放心地看着我，却又说不出来话的样子，我心里真的特别难受。

还是给老婆打个电话吧。

“嘟——嘟——”

“喂，老婆，我很想你。”

“怎么还不睡觉啊？每天要早起跑步的呀！”

“我做噩梦了。你和浓浓好不好啊？”

“我们很好，你不要担心。自己在家也要注意，没事多看看我给你贴在冰箱上的字条，关门关窗关煤气。”

“你好像我妈。”

“……”

“晚安，老婆。”

“早点休息。”

挂了电话之后，我试了很久也没有再次睡着。看着手机，脑袋却在发呆。我是不是还是像一个孩子？我学你们的语气，学做饭，学着替别人着想，学着大人的样子生活，可是依旧不伦不类。

睡吧。

迷迷糊糊的，我好像梦见了妈妈。九岁时妈妈半夜抱着我去医院看病，我高烧不退，一直抱着妈妈的胳膊不松手。妈妈在我身边小声地和医生谈话，突然急促地问医生：“一辈子都只有九岁的智商了？一辈子都长不大了？”医生说：“也许会有奇迹。”然后妈妈的身体突然变得软软的。我换了个更舒服的姿势，继续睡了。

人生的谜底是爱

我刚下飞机，回头朝刚才坐在我旁边的帅哥抛了个媚眼，然后走一步扭三十扭地走向两个眼睛分别冒着蓝光和绿光的女人。

“阿嚏，熏得我头疼。脸脸，你的香水是免费赠送的吧，居然让我有了一种‘涅槃’的感觉。”我左手扶着我的墨镜，怕一松手一个喷嚏就能把墨镜甩到对面那群路人的脸上。

脸脸好像和以前一样，不论我说什么，她都可以当作没听到，然后继续拉着我……的耳朵，大吼：“焦娇娇，你好几百年不回来，回来就打扮成一副‘二奶’样，嘴巴还和后妈一样，小心嫁不出去！”

我怂了，我怂得很快，一般不超过三秒。

我抱着脸脸的胳膊，笑得像个奴才，心想：“脸脸，为什么你身上的香水有点小黑裙的味道？又有真我和5号的混合香？刚才来接我之前又去喷试用装了？熏死我了。”

站在脸脸旁边的韶宝笑得一脸荡漾，捏了一大把我腰间的肉，轻轻地转了一圈：“胖了不少啊！”我疼得差点再次“涅槃”，但是我没叫，咬碎了牙再咬牙龈，不想一帮人回头看我们，引起令人瞩目的目光。

“你要死啊，肉都紫了。”我使劲揉着那块肉，“喜欢肉，就回家捏你男人去。我这多辛苦才养出来的二两肉啊！我以前那么瘦，以后也是瘦死的，先让我胖一段时间。”

韶宝没理我，拉着脸脸说：“我应该再掐她一下，省得她总是做梦，一梦五千年。”

脸脸拍拍我的脸说：“Hey,wake up！”

我才下飞机不到半个小时，为什么她们俩一个用手一个用嘴来摧残我？我是个孤独的孩子吗？

脸脸拉过我，出了机场之后直接上了她的马自达6。韶宝坐在后座上开始打电话，不知道在说什么，反正就是我听不懂的外星话。脸脸打开电台，调到FM90.0，然后一踩油门，离开了机场。

北京，你太呛了。

吃饭的时候，我看着一盘盘羊肉卷端上来，突然想哭，因为我爱火锅。羊肉串上来的时候，我的眼泪滴到了盘子里，我爱这片土地。

脸脸拿着啤酒，看着我，浑身散发着能让我“涅槃”的味道。韶宝夹了一片肉在铜锅里涮着。我看看这个，又看看那个，流口水的表情像一只受宠的萨摩耶。韶宝等肉熟了之后放在我的盘子里，喊我：“小八，吃吧。”我腹诽着，你才是忠犬八公呢，你才是小八呢，然后一脸欣喜地吃了那块羊肉。

“少吃点，晚上回去好试试衣服。到时候拉链拉不上，或者穿上像米其林，就自己回去偷偷地哭，别赖火锅和羊肉串。”脸脸夹起一片菜叶子轻轻地涮着，看都没看我一眼。

我才不在乎呢，没有我这小白菜，也不能衬托你这朵大红花啊。

吃饭真开心。

“脸脸，你男人呢？”我咬着羊肉串，然后斯哈斯哈地喷着小热气，好烫。

脸脸看着我说：“单身派对听过吗？快点吃，一会儿早点回去睡觉，明天还得早起呢。”韶宝安抚性地拍拍我的头，喝了一口啤酒笑着看我，然后起身走了。韶宝回来的时候说：“我已经结好账了。快点吃，回去试衣服去吧。”

我刚回来啊，刚吃上想了好久好久的火锅啊，我不想走啊。但是脸脸一脸杀气，我只好呼哧呼哧地发挥我臂力的极限，飞快地在铜锅与嘴巴之间摆动。

锅里还剩几片肉，山药和木耳还在锅里浮浮沉沉的时候，我又被脸脸和韶宝带上了马6。然后一路冲到脸脸家，我在笑得十分恭敬地和脸脸的父母打过招呼之后，就被塞进了脸脸的房间里。

“脸脸，你为什么不开单身派对？”我手里拿着韶宝塞给我的淡紫色小抹胸裙，看着腰那里，心里哀号，确实很瘦啊。

“因为我有你们啊，一直没单身过。”脸脸敷着一脸屎绿屎绿的面膜，轻声说着。我真怕她动作太大，脸上那一团面膜掉到嘴里。

我可能太担心了，所以嗓子被卡住了，说不出话来。也可能是我刚才吃得太多，衣服实在太紧了，韶宝还在一直的给我收腰，结果憋得我说不出话来。

晚上，我们仨躺在脸脸的床上。韶宝轻声唱着歌，我被揉在脸脸的怀里，头发被她揉搓得像狗窝。

“你还记得我们当初唱S.H.E的时候吗？那时候我唱Selina，脸脸唱Hebe，让你唱Ella你不同意，非得说自己万紫千红，柔情似水，一定要捏着嗓子唱Selina。”韶宝轻轻地说着。

我趴在脸脸怀里吸着鼻子：“对呀，那时候你们都有那么多人追，就我像个假小子，帮忙传个情书还被你们吓唬。”

“有一次，我在写作业，你听着歌，脸脸在那里洗袜子，一边洗一边还说：‘你们一定要听话，省着点用钱，妈妈我养着你们多不容易。’”说完，韶宝就蜷在被子里笑得全身都抖了起来。

脸脸也笑得一直抖，震得我差点咬到嘴唇：“对呀，韶宝你那时候还定了什么十八岁出国环游世界的计划。还让焦娇娇拿了个本子记账，每天花多少钱，每个人每月要攒多少钱才能凑够出国的机票。”

我回忆起那个时候，三个人拿着冰棒躺在足球草地上，幻想着出国以后一定要到处拍照，没钱了就去给人家洗盘子，或者当个街头艺人也挺好的。那时候多没心没肺啊！哪里知道西红柿多少钱一斤啊，哪里知道牙膏也是挺贵的啊，哪里知道住旅馆也是要花钱的啊，而且还不是一笔小数目。

韶宝轻轻地叹了口气：“时间过得真快啊！当初我们的计划里，一点都没有提过嫁人啊。”

脸脸也轻轻地叹了口气："是呀，谁知道当时拼命阻止我们早恋的爸妈会在我毕业的那一秒就变样啊！每次我说带个朋友回家吃饭，我爸妈一看我带回来的不是男人，而是韶宝，那眼睛亮得就像装满了钉子一样。"

我贪婪地吸着脸脸身上的味道，哀怨地说："当时你还说，学好数理化，以后你养家。"

卧室的小黄灯散发着淡淡的光，柔和得像是从宇宙深处散发出来的神光，被它照啊照的，我们就慢慢地失去了意识。我也慢慢地打起了小呼噜，被韶宝使劲打了一下，呼噜声停了五秒，然后继续打。睡梦中，我仿佛听见了韶宝的哀号："她怎么还是会打呼噜啊！"

凌晨4点我们就被脸脸的闹钟吵醒了，然后我一把抓起了还在睡着的脸脸，把她按在了凳子上，拢顺了她的头发，抬着她的脸对着化妆师说："就这样化吧，我相信你可以的。你现在吵醒她，我保证你会被气走。今天你可千万不能走啊！"化妆师小姐了然地点点头，然后跟我说："把脸抬高点。"于是我就摆弄着脸脸的脸，双臂一直支撑到马上就要把脸脸给抖醒了，才一身冷汗地任由韶宝接过此项重任。然后我飞速地套上我的小礼服，一边整理着裙子，一边和韶宝说："你说以后脸脸要是生了孩子，孩子半夜哭，她会不会起来把他掐死？"韶宝向我点点头，刚要说话，脸脸就开口了："我会吗？我这么温柔。"看见脸脸醒了，化妆师就开始化她的眼睛，一会儿让她眼睛往上看，一会儿让她眼睛往下看。但是我总觉得她的视线没有离开我，一直在瞪我。

化好妆，穿好婚纱的脸脸美得像唐朝的唐三彩真品，我都不敢碰，生怕碰一下就碎了，只好围着她一圈圈地转，看她需要什么，要喝水，我就去拿水，要吃水果，我就自己拿一个苹果默默地啃着。我想我全吃光，这样她不吃，等一会儿小腹还能平坦一点。

我忙得像个陀螺，其实也没什么要我做的，但是我就是心慌，还有点尿急。韶宝就比我淡定很多，一直看着楼下。

新郎来的时候，我表现得非常差。他一下子甩出两个大红包给我和韶宝的时候，我和韶宝就不顾众人的阻挠，硬生生地把门拉开了，然后举着红包向脸脸得意地挑挑眉。脸脸看上去很紧张，一脸“黑线”地瞪着我。

整个仪式我都没听见司仪在台上说着什么，我一直站在韶宝旁边呜呜地哭着，差一点号啕。韶宝很淡定，她带着一卷卫生纸，时不时地给我补上，顺便提醒着我：“你现在好多了，眼线都哭没了。刚才你满脸流淌着黑水，特别吓人。”

“脸脸，脸脸嫁人了。当初我认识她的时候，她还在上幼儿园呢。”我上气不接下气，幸亏伴娘只要上台露一下脸就可以了，要不然我多招眼，“那时候我也上幼儿园呢。”

韶宝拍拍我的头发安慰我：“别难过了，好像是你嫁女儿一样。你看叔叔阿姨都没哭，你也别哭了，搞不好别人以为你放不下新郎呢。”

我抽抽搭搭地刚要停止哭泣，就看见脸脸在台上和那个男人拥吻，一下子就又控制不住了，扑倒在韶宝怀里，刚要哀号，就听到韶宝说：“别伤心了，以后嫁给我，我养你啊！”我哇的一声大哭了出来。

我不太会说话，
可是我爱你

有的时候，你多回忆一次，就离彻底遗忘它又近了一些。

最好的朋友哭着给我打电话，她说：“我还在爱啊，他怎么可以走了呢？”

我要如何安慰她、我要如何给她温暖，我不知道。

她和我说：“甜，九年的时间，我都在做傻瓜，九年的时间都没有让我了解一个人，我该有多失败！”

我沉默地听着她说他们在一起交往的每一件事，听着她哭泣，听着她问我怎么办。其实我也不知道，我只能回答她，先爱自己。

爱自己吧，全心全意地爱自己，然后再温暖对方。

我常常希望自己拥有可以让时间停止的超能力，让一个在准备晚餐的人停止，让一个在超市里挑选水果的人停止，让一个在试衣间里试衣服的人停止，让一个正在和情侣吵架的人停止。

时间流逝得太快，我几乎可以看到它流逝的轨迹，这让我非常恐慌，恐慌没有过好那一分钟，恐慌今天的记忆会替代了很久以前某一天的记忆。

可惜我没有这个超能力，所以失去这件事每一分钟、每一秒钟都在发生。

其实这个世界上没有那么多人和我们感同身受，虽然我们都爱过、被爱过。

我以为我看到的是一个失恋的女人，其实并不是，我看到的只是一个傻瓜。

我也是傻瓜。

有时候，我们喋喋不休地和其他人说的事情，其实都是想说给那个人听的，可是那个人不在，我们只是在喋喋不休地说给其他人听。

一开始我也会和别人说这些事，希望得到对方的安慰，希望得到一些解脱，可是我说过之后觉得更空虚了。那些让我难过的事情，已经模糊了很多，不再清晰，只有那种压抑感还堵在胸口。和别人倾诉完自己再独处的时候，会更加难受。

后来，我也就不再说了。我改了个性签名："做一个肩膀。"

我想做一个肩膀，做一个可以让人依靠的人，做一个坚强的存在，虽然我知道，现在那只是一个徒有其表的外壳。

年初，蒋明阳打电话跟我说，他成功地卖出去了第100套房子，房主是他自己，他也是有房子的人了，他让我过去和他一起看看他的房子，顺便请我吃饭。

我当天下午就开车赶了过去。我在高速上开了六个小时，才到蒋明阳所在的城市。

刚下高速，口渴得厉害，于是我抓了一把零钱，下车到附近的小超市里面买水。

结果，我被锁在了车外面。

车钥匙在我掏口袋的时候，掉进了路边的排水井盖下面，手机和钱包都被锁在了车里，口袋里只剩刚刚买完矿泉水剩下的13元钱。

没办法，我又赶紧跑回小超市，先打电话给114，然后找蒋明阳工作的售楼处的电话，费了好大的劲才找到蒋明阳的手机号码。

蒋明阳听到我把自己锁在车外面后，向我问清了地址，说他马上就过来。

我用超市老板的手机打了好几通电话，之后给他钱，他也不收，我只好在超市里买了好几瓶水才离开。

蒋明阳是打车过来的，来的时候手里还拿着一根长长的铁丝。他下车的时候，我看见出租车师傅如释重负的表情，忍不住想笑。

我俩花了十多分钟才把我的车钥匙从排水井盖下面勾出来。

他把车钥匙递到我手上以后，说："过了这么久，你怎么还是这么傻。"

我抬起了手，作势要打他。

你我或许一样
日夜寻觅对象
却朝夕妄想
来日方长

因为天已经完全黑下来了，他说先带我去吃东西，再去看他的房子。

吃饭的时候，蒋明阳一口气点了一桌子菜，自己一口没动，就端着一杯白水看着我吃，笑呵呵的，和我刚认识他的时候一点也不一样。

蒋明阳是我上一家公司的同事，有一张白白净净的脸，戴着一副黑框眼镜，每次跟别人说话，嘴巴还没张开，脸就红了。我和他同事了将近半年，但我们连五句话都没有说上，我那时对蒋明阳没有什么印象，当别的同事和我提起他的时候，我甚至都想不起这个人的长相。

我不知道他是从什么时候开始喜欢我的，也不知道他究竟喜欢我什么，他给我发的表白短信还在我的手机里，我却怎么都没办法相信。

我照常上班，照常吃饭。

蒋明阳却变得不一样了，他总是在我不经意间出现在我身边，有时是递给我一瓶红枣水，说是早上在家煮好的，女孩子喝这个对身体好；有时是在太阳高照的早上，拿着一把雨伞和我说“今天会下大雨，这把伞是给你准备的”；有时是什么都不说，只是红着脸看着我，然后转身走掉。

公司里的人渐渐地知道了这件事，大家看着我们时，眼神很异样，但是什么都不说。

过了没多久，我开始觉得这样很难受，觉得这样真的很难受，于是找了一个机会明确地和他说:“我不喜欢你，你不要再缠着我了。”

他当时的眼神我到现在还记得，很无助，很悲伤，可我那时候真的不喜欢他，有什么办法呢?拖拉着慢慢伤害，还不如一次性了结得好。

蒋明阳临走的时候问我:“你是不是和她们一样，觉得我很穷，所以不喜欢我?你是不是和她们一样，觉得我连个房子都没有，所以看不起我?”

我不知道他的家庭状况怎么样，他没有主动和我说过，我也从来没有打听过。

我想说“不是的”，可是又觉得这样结束了其实没什么不好，就这样结束了吧，让他觉得我是个坏女人好了。

可是他还是对我好，虽然没有再在明处表达过，但是私下总是给我很多帮助。

我一直都认为，爱情不是以物质为基础的，爱情应该是有爱就可以，物质是附加的礼物，如果没有物质，也会有其他的礼物。

哪个女人不喜欢被人宠爱、被人小心呵护呢?

有的时候，女人的爱毫无由来，可能是出于被爱，所以才爱，可能是源于幻想中出现的爱。

不知道从什么时候开始，我经常想起蒋明阳，无缘由地，无道理地，就那么想起他，想起他平时的笑，想起他走向我时的样子。

可是，没过多久，蒋明阳就辞去了工作，我们也只是偶尔才会联系。

失去了才知道要珍惜，这句话尽人皆知，我们人人都以为自己知道这个道理，可是有些事情不发生在自己身上，就绝对不会知道，我们都是野蛮的、不讲道理的傻瓜。

我第一次主动给他打电话是在什么时候呢?

好像是在一个下雨天的晚上，外面的雷声打得很大，网络由于天气原因时断时续，我想要看的电视剧怎么都加载不出来，租的房间里一点声音都没有，一个雷声响起，我突然感到有点害怕，鬼使神差地就给他打了电话。

“喂。”这个字说出口之后，突然不知道往下要说些什么。

蒋明阳也没有说话，我们就那样握着电话沉默着。

过了许久，我突然听见自己说:“你有没有吃晚饭，我们一起吃晚饭好不好? ”

他说“好”，他说，“好好好”。

就像有过约定一样，我们什么都没有说——他没有说过“做我女朋友好不好”，没有说过“我喜欢你”，没有说过爱人之间应该说的话——就那么自然而然地在一起了。

他换了新工作，在一个售楼处上班，做一个售楼员，我没有办法想象，一个那么害羞的人，怎么可以做好一个售楼员呢?

前三个月，他一套房子都没有卖出去，我想不明白，明明房地产市场那么好，他怎么就连一套房子也卖不出去呢?

他很沮丧，却没有放弃，我也只好在他身边一遍遍地安慰他。

又是在一个雷雨天，他交不上房租，就收拾好所有的行李来到了我的住处，我开门的时候看到他浑身上下都被雨水淋得湿透了，突然很心疼。

“你做原来的工作不好吗？为什么做这个，明明做不好还要做，这不是傻是什么？”我一边拿着毛巾给他擦头发，一边数落他，他坐在椅子上一言不发。

我们往往都会犯这样的错误——口是心非，明明心里不想说这个的，可是脱口而出的话是那么让人难受。

蒋明阳没有回答我，也没有放弃这份工作，反而更加努力工作了。

他开始爱上了喝可乐。有一次他因为口渴，猛地喝了一大口可乐，可乐里的气太多了，以至于他打了一晚上嗝。

“就那么好喝？”

“喝可乐有劲儿，有时候说了一天的话，嗓子都冒烟了，喝好几杯水也不解渴，可是可乐不一样，它有劲儿，猛地喝一大口，嗓子那儿火辣辣的，没一会儿就好了，我特别喜欢。”他说。

我没有再说什么，但是从那以后，凡是买饮料，我都买可乐。

后来……后来当然是分手了。

原因是我的父母不同意，他们不同意我找蒋明阳做男朋友，他们不同意自己的女儿跟着一个穷小子一起吃苦。

我不怕的事情，我的父母却怕得像是要面对猛兽一样。

本来就没有那么坚实的感情基础的两个人，就这么分手了。

没有说再见，没有相互拥抱着哭泣。在一个下午，他拿上所有的行李离开了我租的房子。

当天晚上我回家以后，看到的是只剩我一个人的空房间。

我当时以为我们在一起是因为彼此需要温暖，后来我才发现，爱一个人不是说爱就能爱的，同时爱也是没有原因的。爱，可能是因为对方的陪伴，可能是因为被对方宠爱，但是爱了就是爱了，分开之后以前的爱也不会消失。

想到这里，我的鼻子开始酸了。

我曾经有很多次想要忘记一些事，可是对有些事情忘记了一段时间之后，再一次想起来的时候，反而更加空虚。

我本以为会很开心，结果并不是。那是一种巨大的空虚，好像有很多个有真挚感情的我已经离我而去。如果我没有再次想起，可能都没有机会和那个人、那件事、那段往事说一句“再见”。

我觉得爱情像一场酒醉，酒醉之后我们说着自己没醉，说着我们比任何时候都清醒，说着平时不敢说的、羞于说的话。酒醒之后，我们把愿意承认的说成真情，把不愿意承认的说成酒话。

我很怀念做傻瓜时候的自己，有时候都记不得这个傻瓜究竟做了什么事、这个傻瓜究竟抓住不放的是一场什么样的梦。造梦的是自己，甜言蜜语把它装饰得更美。

做一场梦，其实可能只花几秒钟，可是醒来后，它却好像长得经历了一生。我希望我们所有的失去都是一场梦，他没有回来，他已经离去，都不过是梦一场罢了。

“你怎么不喝可乐了？”我问。

“那时候总怕自己没冲劲儿，怕自己放弃，所以总喜欢用一些刺激的东西刺激一下自己，现在不一样了，现在有房子了，日子比之前踏实多了。”

吃完饭，我说："我先找个地方住，明天我们再去看吧。"他说："没事，现在也可以。"看他如此坚持，我也就同意了。

他开着我的车，带我到了郊区的一大片空地前，周围连一点灯光都没有，黑乎乎的，我什么都看不清，看了好久都没有看到一栋楼的影子。我回头看着他说："你是不是骗我，把我骗到这里，吃饱了喝足了，然后干一些违法的事？"他说："怎么可能呢？"

他指着一大片黑暗的地方给我看，对我说："这是我们公司新开发的楼盘，我买的房子就在这儿，三室两厅，可大了，不过五年以后才交房，以后这边会修路，会有商场，会有医院，还会开通三个公交车站点。"他高兴地指着那一大片黑暗说着，我顺着他的手指看去，看到的却全是千家万户星星点点的灯光。

我感到很温暖。

他接着又说："我当初那么努力的原因，就是想给你一个家，现在我可以给你一个家了，你喜欢吗？"

我愣愣地看着他，又愣愣地看了看面前那一片黑色的、空旷的地方。我笑了，又哭了起来。

我点点头，又摇摇头。

我们已经回不去了，不是吗？

他又说："祝你幸福，祝你新婚幸福啊，傻瓜。"

反　镜　之　境

“噔噔噔噔。”

我踩着一双高跟鞋快速地走过路口，高跟鞋踩在水泥地面上发出一连串的声响，惊扰了站在路边准备开始用吉他弹唱的男孩。

我有一双具有特异功能的眼睛，它可以看到这个世界上一切事物的镜像，就像是完全相反的两个平行时空，如镜像一般同时出现在我的眼中，我所看到的世界好像是我们都生活在镜子里一样。正常的人与物在我的眼中是正常的形态，而镜像的人与物都是像水面的倒影一样倒立着出现在我的眼前，他（她或它）移动时总是带着海浪似的影像在地上来回摆动。

可镜像的世界中没有我，无论我穿什么或戴什么，镜像中都没有我。

因为总是被这些影像搅花了双眼，所以每次面对人群与嘈杂的环境时，我都尽力地保持着优雅的姿态。然后快速地穿过人群，穿过街道，去我要去的地方。

咖啡馆的时钟指针已经指向了下午2点钟，瑞恩还没有到，我第三次调整我的呼吸，继续等待着。

我左边的女人正噼里啪啦地敲打着键盘，声音大得我想把她的手指头扭断；我右边的一对情侣在小声地讨论着什么，两个人的鼻子都快碰到一起了；咖啡店的店员正在摆放新品；不断有新的客人进门来点自己喜欢的咖啡。

我低头看着镜像的世界，不出所料的是，场景是完全不同的。

镜像中，还是这家咖啡店。我左边的女人已经不见了，桌子上只剩下电脑；右边的一对情侣却在争吵着什么，突然情侣中的男人满脸愤怒地起身，朝着女人愤怒地喊了一句话就离开了；咖啡店的店员正在对着空空的货架发呆；点餐台前面一个人都没有，下午的日光照射下来，本来是温暖的午后，却显得那么萧索。

我向右转头看了一眼那对正在热吻的情侣，觉得还是镜像中独自哭泣的女人好看，于是我又低下了头。

“嘿，对不起我来晚了。”瑞恩走过来之后，坐在我对面笑得很温柔，印花上衣的上面带着午后阳光的气息，那气息随着风向我扑面而来。

我微微地侧了一下头，抬手整理了一下耳边的碎发：“喝点什么？”

“你还是这个样子，一点都没有变，明明是不耐烦和我坐在这样的地方来谈论这件事，可无论从相貌还是表情上都完全看不出来，你还是这么优雅。”他笑着看我。

我从包里拿出支票夹，抽出那张出门前刚开好的支票递给他：“我和你不熟，不要把话说得好像我们是朋友一样。”

我们不是朋友，一直都不是。在几个月前，我们是一对亲密的爱人。

在一次画展上，我正在欣赏着眼前的画，画上面是一个正在出浴的姑娘。这时旁边走来一个男人，他问我是否喜欢眼前的这幅画。他的笑容很温和。我想了想，低头看了一眼镜像，说："如果这个姑娘出水之后的水花再多加一点泡沫的感觉，就像泡沫要飞出画框溅到行人身上一样的话，可能效果会更好。"

他笑了一下，说："我叫瑞恩，是这幅画的作者。"

我不好意思地笑笑："缇娜，我叫缇娜。"

"你的想法真不错。晚上有时间吗，我可以邀请你去我的画室吗？"他的笑容很温和，像一个脾气很好的邻居男孩。

之后，我们成了一对很亲密的恋人。我经常去他的画室，给他当作画的模特，给他的画作提一些建议。这些建议都是他镜像中男人的画作，他镜像中的男人是个性格古怪的画家，非常有名，画风多变，可能是因为性格太古怪，所以常常是一个人。他的脸被浓浓的络腮胡子遮了个严实，一双眼睛是忧郁且孤寂的。

瑞恩听了我的建议，开始慢慢修改自己的画作，这些修改的画一经展出便迅速受到追捧，渐渐地他成了一个著名的画家。他镜像中的男人倒是没有变，还是整日作画，整日孤寂，但是镜像中的他的画作越来越空洞，他的周围也全都是死气。

因为瑞恩的名气越来越大，所以慕名而来的人越来越多。当我发现他不仅是我的爱人，还是大多数女人的爱人的时候，我离开了他。

临走的时候，我提出了一个要求，我要买回那幅画着我的画。

走出咖啡店之后，我并没有急着回家，而是一个人走在街上。我的鞋踩地面的声音非常有节奏感，像是为我的步子打着节拍一样。

镜像的世界和现实其实没什么两样，都是各类行走的人群，他们来自四面八方，去向四面八方。我感觉我站在这个世界的中心点上，在以我为中心的位置上，世界开始在各个角度与方向上无限延伸。

身旁商店的玻璃上倒映着我的影子，那是一个有着深棕色长卷发的女人，有高高的颧骨和尖尖的下巴，眼神满是孤傲，又有些许落寞。

回家之后，我把那幅画埋在了我的院子里，埋之前还为那幅画拍了几张照片。

埋好了画以后，我把照片放进了我的包里。

三个月之后，瑞恩给我打电话，他问我是否可以回到他的身边。我没有回答他，随手按下了“挂机”键。挂了电话之后，我打开包，垂眼看着包中静静放着的那张画的照片，想着当时被画时的情境，心绪翻涌。

我想起他贴着我的鼻子轻轻地呢喃着“缪斯”“女神”“灵感之泉”，一切美妙的词语像干燥的柴火点燃了空气中的火苗，蒸发了空气中的水汽，使我口干舌燥。燥热的空气蒸腾着我的身体，使我的皮肤微微地泛着粉红色，我赤裸着粉红色的皮肤仰躺在铺着整块皮草的座椅上，用左手托住下巴沉沉地靠着椅背睡去。

六个月之后，我的隔壁搬来了新邻居，可我一直不知道他长什么样子。

我亲自做了些点心，打算拜访一下新的邻居，可对方好像不在家。虽然房子二楼的灯日日开着，但我从来没有见过有人进出，于是渐渐地不再去理会，同时也失去了初时的新鲜感。

在一个晴朗的早上，我出门取牛奶的时候，看见了我邻居的样子，但我看见的并不是我的邻居本人，而是镜像里的人。那人正好出来取邮差送的包裹，可能是因为天要下雨了，所以他急急忙忙地进了屋。进屋之前，他抬头看了一眼天气，嘴里嘟囔了一句什么，接着就转身进屋了。

是瑞恩。

我的新邻居是瑞恩。

我开始下意识地观察他，他还是没有出过门，于是我只好观察镜像中的他的一举一动。

有一日我正在二楼的窗边喝咖啡，突然看见镜像中的瑞恩又收到了一个包裹，他当时的心情可能不是很好，当着邮差的面拆开了包裹。当他看到画的一瞬间，好像被什么东西挖走了灵魂，愣了半天都没有说话，直至邮差已经离去，他还站在那里反复地看着我的画。接着他好像得到了什么珍贵的宝贝一样，欣喜若狂，在院子里又蹦又跳。

他展开那幅画，看着画上的我，眼睛里都是迷恋的神采。他开始在他的房间里作画，一张一张地画的全都是我。我时常透过镜像中他房间的窗户默默地看着他在窗前作画。

他作画的状态是痴狂的，常常是画得如痴如醉，不知晨昏几时，不知饥饿有时。有时是我早上看了他一眼之后就出门了，晚上回来的时候，发现他连坐的位置都没有动，仿佛像是长在了那里一样。

他画了很多不同的我，但都是正规的人物肖像，眼睛是深棕色，嘴唇是亮粉色。他一直都在努力地刻画我的五官，最突出的就是眼睛和嘴巴。他一遍遍地上色，慢慢地，那画中的我的眼神就变了，变成了一种漠视的光彩，空洞的眼神望着前方，视线像被黑洞吸收了一样，嘴巴的颜色也越来越红，好像是血液在身体中急速地流转，冲刷过我的皮肤，奔跑过我的嘴唇，留下鲜红如血的颜色。

镜像中的瑞恩的生命好像重新开始了一样，就好像他之前的生命都只是一具躯壳，而现在，他的躯壳里住进了他的灵魂。

他开始整理自己的形象，每次开始作画的时候，都像在虔诚地礼拜一种仪式，他刮掉脸上的胡子，青色的胡楂显得他十分消瘦与苍白，但是他的眼睛炯炯有神，眼神里也多了一种光彩。

日复一日，他画我的技艺与手法已经非常纯熟，有很多人专程上门来购买他的画作。他的言行开始变得周全又得体起来，名气也越来越高。

我日日坐在阳台上看着镜像中无声的喧嚣，有时候一看就是一天，不知道累与疲倦。

在一个凉爽的秋日午后，我在超市买生活用品的时候，突然想到好像镜像中的瑞恩今天在等什么人。在我匆匆回到家的时候，我看见镜像中的瑞恩与站在他家门口的一个女子笑着说话，他好像很紧张，双手一直插在裤子后面的口袋里，他和对方交流时所用的所有肢体语言都只用了肩膀来表达。当他想开门欢迎女人进屋的时候，才想起来手还在后面的口袋里，他尴尬地从口袋里拿出双手，他那因为尴尬而羞红的表情，也引来那个女人一笑。

我站在房子门口一动不敢动，因为我第一次在镜像中看见了我自己。

镜像中的女人好像也发现了我，她向我笑了笑，然后进了瑞恩的屋子。

周围的空气好像都被冻结了，我感觉到无比寒冷，却一动也不能动。

我跑到隔壁去用力地敲门，希望瑞恩能给我开门。虽然我心里明明知道，就算是开门，也只能看到镜像中的他们而已，可是我就是想知道镜像中的我在屋子里都做了什么。

我敲了半天之后，依旧没有人给我开门，我只好另找方法让我可以进到屋子里去。

找了很久并没有什么成效，于是我拿起了旁边的一个花瓶砸向了门上的玻璃，玻璃在一声巨响中碎了一地，我伸进手去打开门，然后慢慢地走到屋子里面去。

我翻遍了一楼的每个角落，也没有发现镜像中的瑞恩和我，于是我开始向二楼走去。正在上楼的时候，我看见了镜像中的瑞恩和我正向楼下走来，不知道他们在说着什么，但是看起来聊得非常投机。镜像中的天气非常好，照射在他们身上的时候，甚至都形成了一圈包裹他们的光晕。

我看着他们走到我身后的沙发上，两个人一边喝东西，一边开心地聊天。我看着他们，愣了很久。

“缇娜，你怎么来了？你是怎么进来的？”我抬头一看，现实中的瑞恩正睡眼惺忪地看着我。

“嗯，我看见你这儿的门坏了，就想进来通知主人一下，我不知道你就住在这儿。”我随口撒了一个谎。

“啊，好久不见。我刚搬到这里的，这里环境不错，很安静，很适合我。”他还是笑得一脸温柔，可他脸上的胡子明显已经很久没有刮过，眼神也带着淡淡的落寞。

“我还有事，先走了，下次再见。”一边说着，我一边向门口走去。

他一把拉住了我的上衣，又马上放开：“你——有时间吗？我想请你吃饭。”

“不了，谢谢。”我礼貌地向他笑了一下，然后转身离开。

回家之后，我剪掉了我的长头发，剪过之后的头发的发尾在轻轻扫过我的耳朵时，微微有些痒。接着我去洗了一个澡。然后我画了一个非常漂亮的妆，再换上一件赭石色的紧身连衣裙，拿上一个包，出门，走进夜里。

夜色中，我抿了抿唇上的深红色口红，笑得特别开心。

因为镜像，我看到了不同的路，不同的选择会出现不同的结果，时间和空间是心有灵犀的双生子，自己的人生的轨迹，总是要越精彩越好。

从前、现在过去了再不来

“您好，我叫单北京，很高兴认识你。”

每次相亲的时候，我都会说这句开场白，然后等着对方那像是挑选商品的眼神落在我身上，沉默不语。

那种上上下下、来来回回打量的眼神，总是让我感觉她们是侦探，她们看我的脸，看我的头发，看我的领子，看我的衣服，看我的手指，看我穿着的、戴着的、拿着的所有物品。她们似乎可以从我的外貌上看到她们想看到的一切隐形标签。

可我并不想回应她们，对方问问我的工作，问问我的工资，再问问家庭状况和资产状况之后，我们就会陷入一种沉默的尴尬境地。我并不想了解她们，无论是她们的心理还是生理，我都不想知道，相貌什么的更是没有在意过。

相亲结束之后，我妈总会打电话问我：“这个姑娘怎么样？就算不是很喜欢，也可以试着交往看看，哪有只见一面就能了解的人呢？”“多相处”“多沟通”“多交往”，这些词我都当成耳旁风，吹过就忘了，反正父母在美国，也不会来监督我。

“喂，妈，我还没下班呢，什么事情啊？”我疲惫地答着。

“嗯，我知道，我会注意身体。是的，他们都已经下班了，我也马上就回去了，你不要担心。”我一边说着，一边大幅度地点着头，就好像她能看见似的。

“魏阿姨的侄女？啊！是吗？我不记得魏阿姨了。我知道，好好好，我会去见的，好吧？”我重重地出了一口气。

“明天？明天可能有时间吧。好好好，有时间，几点你决定，好不好？这样吧，你把我手机号告诉她，让她定好了给我发信息吧。”

“好，就这样吧，你刚起床就给我打电话，还没有吃饭吧？快去吃吧，代我向爸爸问好，好，拜拜，妈。”挂了电话，我看了看手机，时间是20: 25。我爸妈和我有十二个小时的时差，这个时间打电话来，也是操心我。

下班之后我又去了附近的一家面馆，点了一大碗拉面，还没有等我开口，老板娘就冲着厨房喊道：“多要葱花，多要辣椒。”我笑着向她点了下头，掏钱付账。

叮。

“明天晚上7: 30，国瑞城的太平洋咖啡见。”

正吃着面，收到一条信息，打开来一看，没头没尾的一句话，我想了好久才想起来，可能是明天要去相亲的对象，于是我也礼貌地回复了一句：

“好的。”

第二天，天气很阴沉，应该是要下雨了，可这雨迟迟落不下来，空气十分闷热，坐在办公室里还不觉得，一出公司的大门，就能感觉到一股潮湿的空气瞬间包裹着我的皮肤，那黏糊糊的感觉，像是被一只巨大的怪兽用舌头舔遍了全身，黏腻中又带着腥臭。

我松了松领口，吐出一口浊气，打车去国瑞城。

7点10分，我到了咖啡店，点了一杯意式特浓，然后随意地望着窗外的风景。外面下起了淅淅沥沥的小雨，不一会儿便变成倾盆大雨，打湿了窗外的那些人，看着他们匆匆跑过的样子，是有人在远处等吗?

“你好，是单先生吗？”

我一抬头，看见我面前站了一个姑娘，她穿着一条橘色的连衣裙，长发又直又顺地披在身后，橘色的衣服很少有女人穿，这衣服十分挑人，和人一样。但是她穿起来真好看。

我站起身来说：“你好，我叫单北京，很高兴认识你。”

“我叫魏洋子，你好。”

我问：“你喝点什么？我去帮你点。焦糖玛奇朵，好吗？”

“好。”

我端着咖啡走回位置的时候，看到了她的背影，她的头发很长，黑褐色的头发泛着柔和的光，柔软又直顺的发尾轻轻地扫在她的腰间。

“你的焦糖玛奇朵。”

“谢谢你。”

之后的气氛比较尴尬，她没有开口问我的房子、车子和工作，我也没有在相亲时主动问话的经验。

“你……你是做什么的？”我还是先开了口。

“在一家外贸公司做人事，你呢？”她抬起头来，视线转移到我的脸上。

“做房地产的。”我看着她的眼睛说。

“呵呵，我其实都知道的，我姑姑都和我说了。”她笑起来的样子让我的心咯噔一下。

真的很像她，越看越像。

“是吗，都说了什么？”我的双手不自觉地交握在一起，十指不自觉地开始用力。

“就说了下你的工作还挺好的，人好，性格也好，父母都在美国这些吧，嗬，我其实是第一次相亲，其实我不知道该说些什么。”说着说着她的脸红了。我十指用力太大，捏得双手很疼。

我们聊了很多，也聊了很久。外面的雨敲打在窗户上，像是一双双无形的手在窗户上敲打着鼓点，也敲打在我的心上，越敲越快。

送她回家之后，我一个人在路上漫无目的地走着，我想起了一个人，一个我曾经甚至到今天仍然爱着的人。

我爱了一个女人九年，可是最后她嫁给了别人。都说恋爱时间越长越是不容易结婚，可我当初连户口本都准备好了，她却和我说分手。九年的时间足以将这印记像文身一样文满全身。

之后的时间，我和魏洋子在一起了。母亲开始很少在晚上给我打电话，每次我主动和她打视频电话，她总是一脸心疼地一遍遍叮嘱我："要好好的，这次要好好的啊。"

我有的时候很恍惚，总觉得她在和另一个人重叠。

我带洋子去吃小龙虾，看着她辣得直吸气，我傻笑了起来。她问我："你很喜欢吃吗？"我心里默默地说是你很喜欢吃啊。

我带着洋子去做陶艺，湿润的陶土，在高速旋转下，慢慢变化了形状，我一点点塑造着它的形状，希望它能和我的记忆相同，可是我怎么都做不好。怎么可能做得好呢？我连它的细节都忘记了啊。洋子笑着在我的鼻子上点了一个泥点，然后哈哈哈地笑了起来，我轻轻地牵着她的手放在脸上摩挲，她笑着说我傻，变成了个泥猴子。我心里默默地说："我不自己涂在脸上，也会被你涂得满脸都是，我还是自己来吧。"

我带洋子去动物园，指着正在开屏的孔雀说："这只是我，我在向你示爱。"出来之后，我又指着动物园的大门口说："总有一天，我要把你的名字刻在'动物园'三个字的前面，'魏洋子的动物园'，你喜欢吗？”她说我傻，她说我和她听说的不一样。

她说她爱我。

我们在一起半年多一直很开心，和她在一起时我能闻到一种香气，那种香气非常像鸦片，可终究不是鸦片，不过像就够了。

“今天，你想吃什么？”她站在厨房里，身上围着围裙，头发用一个简单的发带系着。

“藕、菠菜、尖椒、胡萝卜，哎呀，什么都可以，你做什么我都喜欢吃。”我走过去，从后面抱住她，把脸埋在她的头发里，贪恋着那股香气。

“你是素食动物吗？很少见你吃肉啊！”她轻轻地笑着说。

“我吃肉的，我只喜欢吃你啊。啊呜——”我张着嘴，把嘴巴放到她的耳边做撕咬状。

她咯咯咯地笑了起来，脑袋使劲地躲着我嘴巴里呼出来的气。我趁着她躲，深深地吸了一口香气。

最后，她做了一盘西芹腰果，一盘西红柿牛腩，一盘酸辣土豆丝，一大碗蛋花汤。

我夹了一颗腰果放在嘴里细细地嚼着，我喉咙里吞咽的食物好像并没有抵达我的胃里，那些被牙齿咬碎的食物好像都流向了心脏，开始填补心上的裂缝。

“北京，有件事情，不知道该不该问你。”她的牙齿一下又一下地咬着右手拿着的筷子。

“什么事？说啊，没什么关系的，你想问什么就问吧。”吃一口饭，配一口菜，这样真好。

她嗫嗫嚅嚅，半天没有开口。我回过头去看着她，她才抬起头坚定地直视着我的眼睛。“你之前是不是有一个女朋友？”她说着说着，声音哽咽起来，我低着头扒饭，不敢说话。我要说什么呢？我不自觉地咽了一口口水，那口水好像是加了一万勺砂糖的冰水，甜腻冰凉得让嗓子说不出话来。

“我是不是很像她？”她小声地哭了出来，我的余光看得到她的嘴唇在颤抖，我好想亲吻住她的嘴唇，让它感觉到安全，不再害怕。

“你到底是不是因为我像她才和我在一起的？”她话说得不连贯，声调也走了音，像是被什么大手捏住了喉咙，可她还是要说，她忍不住，她还是要说。

我慢慢地放下手里的筷子和碗，深呼吸了几下，低着头，依旧不敢看她的脸：“你是什么时候知道的？”

“就在刚才，我不小心碰倒了你书架上的书，有一本书里掉出来一张你们的合照，你们看起来好幸福。我觉得我……我觉得我不应该在这里，我不想做替身啊。我……我到底算什么呢？”她双手捂着脸，呜呜地哭了起来。

我没有吃饱，心上的裂缝像一个怪兽的口，它没有被填满，而饥饿感使得它的撕裂感愈加明显。

她哭了一会儿，就起身去了厕所，把自己反锁在里面。我几次想开口，可是一句话都说不出来，我不停地喘着粗气，那粗气像要把我撕裂一样。我不知道我是在怀念那个已经离开的人，还是怀念过去，还是因为洋子撕裂了我的伤口，所以我觉得疼，我觉得羞愧。

我在客厅抽了无数根烟，烟头一个挨着一个紧紧地挤在小小的烟灰缸里。她不再哭了，哽咽声也听不到了，空气像是凝固了一样，牢牢地抓着我的手、我的头、我的思绪。

我翻开那本书，拿出我们的合影，突然觉得很陌生，我发现我不靠照片竟然想不起她的样子了，我很害怕，鼻子开始泛酸，像是要打喷嚏一样，我揉了揉鼻子，那喷嚏还是没有打出来。

我开始重重地喘气，重重的呼吸让我的心跳变得非常快，我起身去冰箱里拿出一罐啤酒，拉开拉环就咕噜咕噜地灌了下去。

喝得太急，我一下子全部吐了出来。吐出了胃里的啤酒，吐出了胃里的食物，吐得太猛烈，连眼泪都流了出来。

洋子听到声响，赶紧打开厕所的门跑出来看我，我一把抱住她跑过来的腿："你不要离开我，好不好？你不要离开我！"我抱着她的腿，一边擦着脸上的眼泪，一边说着。

“我不是不想解释，可是刚才我特别难过，难过得都说不出话来，我骗自己是因为被你揭穿了而羞愧，其实不是的。”她轻轻地拉开我的手，把我拉进洗手间，清洗我因为呕吐而弄脏的衣服和身体，“其实我是不知道该怎么说，我怕说了你不信啊，我怕我说了你还是以为我爱的那个人不是你，我曾经也以为我爱你是因为你像她，你明白我吗？”

我无助地看着她，像等待着被认可的孩子，等待着被认可我还是可爱的，等待着让自己得到解脱。

她抱着我，哄着我，最后她也跟着我哭了起来，一遍遍地说：“不要怕，我不走，我不走的，我不问了，我再也不问了。”

自从和她分手之后，我有多久没有这么大声地哭过了呢？我也不敢相信啊，我居然放下了，那么多年的感情就这么放下了，我觉得对不起我自己，对不起过去，所以我只是揪着不松手，可我现在怕了，我不知道为什么我怕了，就在昨天，就在昨天我还想起她了，可是现在，我只想抽自己一个大耳光。

说好的，当初我和她说好的，总是要有一个人不松手啊。

他的后背长了一棵树

“崩溃比较容易，对吧？”我面前的西红柿问我。

阴天，空气是潮湿的，气温在11℃左右，有风。我把帽檐压了压，没有回答，手拿了三根胡萝卜、两根黄瓜。没走出几步，又折返回来，拿起那个西红柿，招呼老板收钱。

一个西红柿0.56元，一个会说话的西红柿0.56元。

菜市场里人很多，果蔬比较新鲜，来这里挑选食材的人并不盲目。食界观和世界观一样，每个人都有，味道搭配起来，方法也有千百种。这个多少钱一斤，那个我要颜色鲜艳的，等等。

“你明明不喜欢吃西红柿，也不喜欢吃胡萝卜。”我没有去看究竟是谁在讲话，我猜可能是黄瓜，我还是没回答，抿起嘴唇，裹紧了灰色大衣的领口，走进街上的风里。

风里卷着几片叶子，一团一团的，没过几分钟，下起了雨。下雨是件特别麻烦的事情，我用手捏住了领口，用胳膊紧紧地夹住刚买的蔬菜，向家里跑去。

皮鞋踩在铺满雨水的街上，发出嗒嗒嗒嗒的拍打声，远处十字路口的红绿灯，由绿色变成了黄色，接着变成了红色。不能再走了，我停在路口等绿灯。下雨天是个麻烦的事情，我下意识地用手摸了摸后背，在灯变绿的一瞬间，又开始跑了起来。

回到家之后，我把刚买的蔬菜往地上一丢，就开始找镰刀，蔬菜们被摔得直叫，可我这个时候没有心情去管它们。我脱光了衣服，走到卫生间里，背对着镜子，开始用镰刀割下我后背长出来的叶子。

出门的时候以为不会下雨的，所以只穿了衬衫和风衣出门，衣服的材质很好，可是淋雨之后，雨水还是会渗透布料，滴在背上，然后长出葱郁的植物来。

后背淋雨会长出植物来，是我最近才发现的，而且只有淋雨才会，洗澡、游泳、出汗的时候都不会。我也不知道下雪会不会也长出来植物，也许是一棵松树，也许和现在这棵一样，也许什么都没有。

“崩溃比较容易，对吧？”西红柿又嘟嘟囔囔地说了一声。我生气，想用手里的刀把它砍烂，但是背上的植物还在长，我只能站在卫生间里一直割，一直割。

两个小时以后，我瘫倒在沙发上，大口大口地呼吸着空气。神经和思维刚刚放松下来，身体就像从一百层楼上坠落一样，掉进了梦里。

醒来的时候屋子里一片漆黑，梦里那些杂乱的声音还在，无数个嘶哑的嗓音吵着我，让我做点什么，可我只想坐在沙发上发呆。好多时候我都是被放弃的那一个，就像被梦放弃了一样，无缘无故地被拉了进去，无缘无故地被丢了出来。

“他醒了吗？”西红柿听到我的动静，问着旁边的胡萝卜和黄瓜。

我说：“醒了。”说完我起身换了一套干净的棉布衣裳，然后走到被我乱丢的蔬菜旁边，捡起了它们：“我饿了，做饭吧。”

西红柿不说话，胡萝卜先吵了起来，不过还好，我一共只买了三根，这样就算它们打起来也不至于太难解决。胡萝卜A吵着说要和辣椒一起炒，胡萝卜B说清蒸比较好吃，胡萝卜C说不要吃它。

“强撑着很难过吧？崩溃比较容易，对吧？”西红柿的声音带着点空洞的余音，我不太喜欢。“你信不信我把你捏碎之后丢进垃圾桶里？”我抓起它，威胁道。

它不说话，我没有办法，总不能真的捏碎了丢掉。

能听到植物和它们的果实说话这本领是天生的，好像不只能听到一些本来不应该存在的声音，也能看到一些本来并不存在的事物。不，并不是通灵、看到鬼魂什么之类的，是一些奇怪的事情，就像我后背会长出植物来一样，别人是看不见的。

十分钟后，我切开了西红柿的嘴，这样就不会再听到它说崩溃了。

我没有崩溃，也没有察觉到要崩溃的迹象，我不知道西红柿是从哪儿知道了雪梨的事情，所以反反复复地和我说崩溃这件事。

一个月前，雪梨死了——我的妻子雪梨，死了。

这不是一件能让我崩溃的事情，人生本就是无常的，任何结果你都知道，只不过是承担哪一种，或者承担时间的先后罢了。这与从前没什么大的不同，生活从两个人变成一个人，最大的感觉不过是房子比以前大了一倍，声音比以前大了一倍。

蔬菜沙拉的口感，我做成了甜的，我放了西红柿、黄瓜、胡萝卜和昨天买的一些吃剩下的水果。

吃西红柿的时候，我觉得口腔里的汁水变得特别酸，我想它还是不死心的，虽然被我切碎了，可是仍旧不死心地说着“崩溃”。

我和雪梨的关系一直很好，在她去世之后的一个星期里，我甚至觉得她还活着，总是会在某一个瞬间忘记了她已经死了这件事。我会站在客厅里喊“雪梨”，会做饭的时候喊“雪梨，帮我一下”等等。

是在什么时候我突然接受了这个事实的呢？是在昨天。

昨天晚上我正在洗澡，头发上的泡沫还没有冲干净的时候，水就变凉了，我重新开关了好多次，水依旧是冰凉的。我裹好浴巾之后，走出卫生间检查水管，检查电源，结果发现是没有燃气了。

我家的热水器是燃气热水器，没有燃气了，水就变凉了。

身上的水已经干得差不多了，可是头发黏糊糊的很难受，我翻遍了屋子里所有的角落，都没有找到充燃气的卡。之前家里大大小小的一切，都是雪梨帮我解决的，我从来没有操过心，所以，一个小时之后，我才发觉，我失去了雪梨。

屋子里有我肉眼看不到的灰尘，冰箱的声音很大，我的哭声也很大。

就在那一瞬间，我哭了，号啕大哭，我心痛得无法自抑，我看到整个房间都有雪梨的影子：她在做饭，她在看电视，她在给阳台上的植物浇水，她在唱歌，她在做很多很多我们日常的事情。

我坐在地上哭着，想要伸出手去抓，可是我知道我是抓不到的啊，于是我哭得更加伤心。

那种心痛没有办法说出来，可经历过失去的人应该可以体会得到。我的心很痛，就像什么东西在里面搅，胸口也很痛，每呼吸一口，都能感觉到胸口撕裂般的痛。

一整个晚上，我都没有动过，只是坐在那里哭，最后眼泪没有了，意识也还在哭。昏昏沉沉的时候，抬眼一看，天已经变得微亮，才慢慢地起身走到卫生间，冲了一个凉水澡。

雪梨走了，我知道了。

接受这个事实之后，压抑好像连着眼泪一起流出了身体，所以我并不觉得崩溃，反而已经到了一种模糊的、平静的状态。

我不知道西红柿是怎么知道这件事的，好像这件事情我从来没有和别人说过，这些都没有关系了，我已经把它吃了，它已经烂在了我的肚子里。

起身离开餐桌，我端起餐具正要走去厨房，不经意间看见了下午的时候我在卫生间用刀割掉的植物叶子。我把碗洗净之后，又走到卫生间去收拾下午割下来的叶子。叶子已经枯萎了，并不像刚割下来的时候那么新鲜。

我收拾了它们，丢在了垃圾桶里。

雪梨死后，我不再能吃肉，身体好像负担不了肉类，吃下去就会吐出来。几次之后，我也就不再尝试吃肉这件事情，只是炒或者炖青菜来吃。吃过几次之后，觉得身体也开始排斥做熟了的食物，于是我开始用洗干净的新鲜蔬菜和水果充饥。

晚上睡觉的时候，我被渴醒了好几次，床边放着的整壶白开水被我喝得一干二净。喝过水之后，我又回到床上睡去。

我做了一个梦，梦里的雪梨很模糊，我努力用手抹开她脸上的雾，却还是看不清。

“雪梨，你在做什么？”

“浇水啊，你的后背还痒吗，那些植物还长吗？”

“是的，一下雨就这样，不知道是从什么时候开始的，别人看不到，我觉得自己是个怪物。”

“不是怪物，是一棵植物，你渐渐地变成了一棵植物。”

“植物，我变成了植物？”

“嗯，是的。”

梦里的场景总是在变幻，在梦中的时候，人是不会思考过多的事情的，比如为什么会发生这样的事，为什么我要去做那件事。梦里身体和思维是不受控制的，唯一可以让自己感觉到真实的是意识，是自己的意识，虽然说时间、地点、事件都不是自主决定的，但之后所有的选择都是自己做的。

我坐在一个花盆里，全身赤裸，迷茫地看着雪梨拿着一个大水壶在往我的脚下浇水，我静静地看着她，好像我是一棵植物这件事是从很久以前就开始的一样，并没有什么不正常。

浇了水之后，我坐在花盆里，好像更鲜嫩了一点，雪梨用手指轻轻地抚摩着我的皮肤，我发出了惬意的呻吟声。

“舒服吗？”雪梨问我。

“舒服。”

闹钟响了起来，我被惊醒了，醒来以后发现出了一身的冷汗，床上被汗湿了一个人形的痕迹，我仔细回忆了一下我做的梦，好像梦到的是一棵植物，再想想，就什么也想不起来了。

起床之后，我晾晒了被汗浸湿的床单还有被子，接着去阳台给那些植物浇水。雪梨很喜欢植物，她买了好多种植物放在阳台上，有一些我甚至叫不出名字来。自从雪梨死后，给植物浇水的这些事情，自然而然就落在了我的身上。

浇水的时候，我轻轻地抚摩着两片植物的叶子，心里突然想起了雪梨的声音：“舒服吗？”

我答：“舒服。”

我不知道为什么心里会突然冒出这两个字，可是雪梨的声音是那么熟悉，这让我想起了我们曾经拥吻的时候，她很喜欢抚摩我的肌肤，好像总是摸不够，一寸一寸地摸着。

爱人的手划过你的皮肤，这让你能深刻地体会到爱情。有的时候，两个人相处久了，互相接触与亲吻变成了习惯的事情，可你再也找不到比这更美好的感觉。

雪梨曾经在抱着我的时候用她的手臂反复地磨蹭我的手臂，我被蹭得痒了，就轻轻地笑了起来，问她在做什么。

“听说两个人的皮肤挨在一起会产生一种神奇的东西，会让人的身体变得健康，好像是一种磁场，还是别的什么东西，不过就算不能起作用，我也想这么磨蹭着你，好舒服。”

我笑她傻，然后反过来使劲用脸磨蹭着她的脸，她笑得很开心，我也笑得很开心。

我没有工作要做，雪梨死后，我便辞去了工作，打算在家里休息一段时间，但是闹钟一直没有关闭，我依旧每天7点就起床，浇花，打扫房间，看一些电影或者新闻，然后去菜市场或者超市去购买日常所需的食材和用品。

浇过水的植物，好像从沉睡中醒了过来。

“你今天还好吗？”说话的是一棵茉莉，它长得很好，虽然雪梨死了以后它闷闷不乐了一段时间，不过依旧很健康。

“很好。”

“安静地晒会儿太阳吧。”一大盆绿萝像是合唱一样地说着。

我并不想和它们聊天，它们中有一些想要劝导我，有一些却对我并没有什么好感。而我，只要负责给它们浇水就可以了。

雪梨的父母给我打了个电话，让我过去一趟。我拿起了门边矮桌上的钥匙，准备出门，想了想，又回卧室拿了一件藏蓝色的外套。这件外套也是雪梨给我买的。

雪梨的父母年纪很大，经常会有一些生活上的事情不能自己处理，这个时候一般都会给我打电话，我便开车过去。

距离不算远，开车只要十五分钟就可以到。

我过去的时候，雪梨的父母给了我一些雪梨的遗物。他们实在太过悲伤，说话的时候好几次话还没有说出口就已经泣不成声。我安慰着他们，不断地说着“还有我，不要难过”这样的话。

聊了很久，所以从雪梨的父母家离开的时候，已经是下午了，而我今天还没有吃过饭，于是我直接开车去了菜市场。

菜市场的人不多，各个摊位的老板也都懒散地在自己家的摊位里坐着，我站在经常买菜的摊位前看着今天刚到的新鲜的香菇。

“你还不知道发生了什么，对吧？”

我偏头看了一眼旁边架子上的西红柿。

“你一定还不知道发生了什么。”

我诧异地看着那个说话的西红柿，下一刻我拿起了它，交给老板称重，算价格。由于又有一只西红柿和我说话，于是我没有买多少东西，就很快从市场里走了出来。

到家之后我愤怒地把西红柿按在厨房的案板上，拿着刀比着它的嘴问：“什么事？我不知道什么？”

它一点也不害怕，声音还是像在菜市场的时候一样，很平静：“你去看看你带回来的东西就知道了。”

我愤怒地扔掉了手里的刀，冲到门口去看今天拿回来的东西，除了钥匙、蔬菜，还有从雪梨父母家拿回来的雪梨的遗物，遗物只是一些我和雪梨共同使用过的物品，比如牙刷、毛巾、换洗的衣物等，都是我们曾经放在她父母家的，并没有什么特别的东西。我很难受，一下子把所有东西都倒在了地上，但还是没有找到那件我应该知道的事情。

深呼吸的时候，我想起了自己今天穿的藏蓝色的外套，我的双手轻轻地伸进了口袋里，终于，在左手边的口袋里，我发现了一个硬硬的东西。

我拿出来一看，是一颗种子，虽然不知道那是什么种子，但是我确定它是一颗植物的种子。

我拿着那颗种子走到西红柿的面前问：“是这个东西？”

“这是雪梨，你没看出来吗？”

我突然想起，有一天下雨，我没有带伞，那天的雨下得非常大，我飞快地往家里跑去，可是鞋子突然滑了一下，我跌倒在地上，胸口被地面震得很痛，半天都没有喘出那口气，就那样在地上趴了很久。

当我终于到家的时候，背上的植物已经长得有三米高了，那天我就是穿的这件藏蓝色外套。

“她变成了植物，你也是。”

我愣住了。

我想起雪梨常常在浇花的时候和我说，她想做一棵植物，想我一起变成一棵植物，相依偎着从一个野生的丛林里发芽，然后长大，枝干和叶脉都纠缠在一起。

我不明白为什么一定要做一棵植物，于是就问她。

她说，这样就可以永生了啊，就可以永远在一起了。

我突然觉得我捏着那颗种子的手有点痒，我翻过手背，看向掌心，那里长出了一片小小的叶子。

这是一颗毫无保
留地爱你的心啊

飞机的起飞时间是上午10点20分，从哈尔滨飞往北京，需要两个小时。

我手腕上的手表显示9点整，登机牌上写着我的名字："夏银河"。

"北京北京，北京北京，北京。"嘴里反复地念叨着这个名字，却没有发出声音，气体在嘴唇和牙齿之间来回地冲撞，好像咬着一颗糖，咬不住，总在跑，跑又跑不掉，只能来来回回、反反复复地回荡。

我去北京是去找单北京。

大学毕业之后，我没有急着找工作，而是打电话给单北京说："我去找你玩好不好，好不好？"

单北京笑得声音直抖："好啊，银河，来吧，我去接你。"

单北京的声音有一些沙哑，但是干净又好听，让我非常着迷。

我喜欢单北京，单北京不知道。

登机前，我拿出手机打开微信，又反复地听了好几遍，我收藏在微信里的，单北京的声音。

"今天加班啊，比较忙。"

"又要开会，等我一下。"

“好了，睡觉吧，晚安。”

“明天你到了给我打电话，我去接你。”

心跳得很快，想到两个小时之后就可以见到他，脸又烫了些。

我和单北京是邻居，他比我大一岁，小时候我去他家送妈妈做好的食物，他总会捏着我的小辫子，让我叫他哥，我不肯，摇着头嘟着嘴，一句话也不说，单阿姨每次都会打他的手，可他还是每次都捏。

放学的时候，我总是跟在他身后，慢慢地走。别的男生都有一堆的好朋友说话，他却没有，我装傻地问过他：“为什么不和他们一起走？”他捏着我的小辫子说：“因为没什么好说的啊。”我不明白，怎么会没有什么话说呢？老师的作业怎么做，今天的游戏要不要一起玩，谁谁谁今天发生了什么事，或者好好笑，或者很生气啊。

长大后，我发现他就是这样一个人，不愿意多表达，也不太关心其他不相干的事情。

单北京叫北京，是因为他出生在北京。我有时候无聊，想和他说话，又没有什么可以开始的话题，就会问他“北京好玩吗？”“楼是不是都很高？”“你去过长城吗？”等等一系列关于北京的问题。他从一岁多就离开北京了，怎么会记得呢？但是他还是会回答我说：“好玩啊，楼也很高，长城爬过好多次了，等你长大了，我带你去。”

独生子都是孤单的吧，所以他一直当我是他的小妹妹，可我不喜欢当妹妹，所以我一直都叫他单北京。

他那种冷静的性格，上到初中，就有很多女生喜欢了，高中以后就更多，我也喜欢他，但是我不敢说，也不敢再轻易和他闹了。小时候他抓我的小辫子，我就去揪他的脸，长大一点，他碰一下我的头发，我都会脸发烫，说话也变得不利落，渐渐地，就不总和他黏在一起了。

喜欢，不一定要说出来的，对吧?

飞机降落之后，我立刻开了手机，等了十分钟，电话还是没有新消息提醒，我慢吞吞地拿下行李，接着给他打了个电话。

“喂，我到了。”

“我也到了，快出来，出来就看到我了。”

“嗯，好。”

我拿着行李，就想跑过去，可是前面的人很多啊，我傻笑了一会儿，又决定不跑了。

跑，会不会显得太主动?

他穿了一条灰色的裤子、一双米色的球鞋、黑色外套，还有藏蓝色的衬衫，头发短短的，比我高半个头。

他接过我的行李，说："变好看了啊。"我笑得很开心。我想笑得腼腆一点，可是根本做不到，嘴巴咧得很大，牙齿都露了出来。

机场的人很多，我亦步亦趋地走在他的身旁，觉得真的太幸福了。

好像所有的暗恋都差不多吧，你一点点地、小心地记着他所有的事情。有他在，你觉得阳光很好，乌云也很好，马路很好，周围的人也很好，吃饭很好，喝水也很好，一切都很好。

他穿得很好看，脖子上的皮肤很干净，白嫩嫩的，我忍住没用手去戳，眼睛却没有离开，我想多记住一点，慢慢地，再看向他的侧脸。他的眼睛是细长的，单眼皮，睫毛是向下垂着的，空气里的尘埃穿过我的视线，我眨了一下眼睛。

我总是记不起单北京的样子，我看过他无数次，我有他好多张照片，有偷拍的，有他曾经发给我的，可我还是记不清，每次看着照片的时候，都会很恍惚，这是他吗，这是他的样子吗？怎么和我记忆里的不一样呢？

所以每次见到他的时候，我都会和曾经看过的他的照片对比，我发现对比的时候，我也记不得照片是什么样子了，但是两者是不一样的，他的眼睛、他的笑、他说话的声音，都是不一样的，是真实的，是我可以感觉到的。

很奇怪，我想不出这是为什么。

"想什么呢，想得这么出神？"

“呃，没什么。”

他在酒店给我订了一间房，酒店离他住的地方不远，我想去他住处看，又不好意思说出来。

“你收拾一下，我们去吃饭吧。”他看着我笑，我抬头看着他，又一次记了一遍他的样子。

“好。”

吃的是火锅——铜锅涮肉，他要了一盘冻肉、一盘鲜肉，还有一盘香菇、一盘鲜豆皮、一盘油麦菜。

他吃东西的时候很认真，我也学着他的样子，一片一片地涮着羊肉，一片一片地慢慢吃。肉片夹在筷子上的是鲜红色的，放在滚水里煮一煮，就变了颜色，肉片很薄，涮几下就可以吃了。我学着他的样子，他看着我笑。

“饿了吗？你的样子好傻。”

我想丢一片菜叶子给他，可是伸筷子的样子太好笑，他眯着眼睛笑了起来。我伸着筷子不说话，然后偷偷地夹走了他碗里的一块肉，像怕被抢回去似的，调料都没有蘸，就直接放进嘴里吃了起来。

他夹过的肉，算是间接接吻吧。

“你还是以前那个样子。吃自己的啊，抢我的就好吃了？”

“好吃！香！”

“你傻不傻？”

“没你傻。”

他低头笑，然后又夹起一块香菇，放进我的碗里：“不要总是吃肉，多吃一点菜，对身体好。”

我夹起那块香菇，轻轻地蘸了一点料，放进了嘴巴里，真好吃。

这顿饭我吃得很认真，吃着吃着，就笑了出来，我看着他傻笑，他看着我犯傻。

“怎么想起来北京玩了？”他问。

“别的地方没有熟人啊。”别的地方没有你啊。

“你想去哪儿玩，我请了年假，专门陪你。”

“那……那你女朋友呢？”

“没有。”

我笑了起来。

“分了。”

“咳——什么时候的事？”

“不告诉你。”他又给我夹了一片油麦菜。

我说要去故宫，他答应得很痛快。我还想说去他住的地方看看，但没敢说。

站在天安门前，我愣了好久，转头看向我后面的他，问：“毛主席的像怎么这么大？”

他哈哈哈地笑：“那你以为是多大的？”

“没想过，只是每次看阅兵都没觉得这么大啊。”

“可能离得近了，就觉得大了，因为真实，你在电视上是看不出来的。”

因为近了，所以真实。所以这才是我每次都记不清楚他样子的原因吗？我又仔细地看了他的脸一次。

他给我们两个都租了自动解说器。自动解说器挂在胸前，我把耳机拿到他面前说：“你帮我带。”

自动解说器里是一个男人在说话，我听着直皱眉，过了好久，我才问：“这是王刚？”

“对呀。”

我每次走在这里，都有种穿梭时空的感觉，就像过去和现在交织在一起，它们没有变，我也没有变。

故宫很大，用两条腿要走很久，我不怕久，我希望走不完。

我们看了皇帝上朝的宫殿，看了皇后议事的宫殿，还看到了皇帝皇后的婚房，以及各种各样的宫殿。这样多麻烦，两个人见一面多不容易，而且只有皇后才能离皇上最近，那其他想要见皇上的女人呢？和电视上演的一点也不一样，怎么能说见就见呢？一点也不容易啊。

这里地方很大，台阶也很多，我跳上一个台阶，猛地回过头来，嘴上喊着："剪刀、石头、布。"手上比了个剪刀，他愣了一下，没有反应过来。"我赢了。"我高兴地又走上一个台阶，"剪刀、石头、布。"我刚要出石头，脸被他一巴掌捂住了。

"幼稚不幼稚，这么多人，也不怕脸丢了。"

"我不怕。"

"你脸皮怎么越来越厚了？还是不要了？"

"不要了，给你了。"

他愣了一下，然后哈哈哈地笑了起来。"我可不要你这么厚的脸皮，贴在脸上该变胖了。"他说。

他笑起来的样子可真好看。

我突然有些难受，因为，他不是我的。

我曾经幻想过一万次，或者十几万次，如果他是我的男朋友会是什么样子，幻想着他的嘴唇贴在我的嘴唇上是温热的还是冰冷的，一定会是湿润的吧。每当这个时候，我都会下意识地抬起一只手，用食指和拇指的交接处，轻轻地贴在嘴唇上。我曾经看到过一句话，说这样子贴在嘴唇上可以体会接吻的感觉。

于是，我下意识地又这么做了。北京很干燥，我的手贴在嘴唇上，可以感觉到嘴上的干皮剐蹭着我的皮肤，我皱了皱眉头，如果他感觉到的亲吻是这样的，会不会讨厌我？

“怎么了？手很痛？”他想牵过我放在嘴唇上的手看一看，可是伸到半空中又换了个角度，抓着我衣服的袖子，把我的手拿了过去。

“你的手疼？”他又问了一遍。

我仔细地感受着他的手透过衣服传来的温度，摇摇头说：“不是啊。”

故宫很大，我跟在他身后慢慢地走，他在看风景，我在看他。

我又回忆起刚刚的那个“吻”，然后懊恼地摇了摇头，说了一句：“不要这样。”不要这样，我不想他体会到的感觉是这样的，一个不柔软湿润的唇，怎么会是他喜欢的呢？于是，我开始在包里找润唇膏，手指捏着包的边缘，把包都捏得皱了起来。啊，找到了，我轻轻地舔了舔嘴唇，然后开始涂唇膏，涂了一层又一层。

不知道是不是和他在一起时时间就会变快，风景不重要了，手机也不重要了，好像只有我们两个就可以，我只想和他说好多好多的话。

“你知道吗？我现在像个男孩子一样，特别坚强。”

“你怎么这么不爱说话，也对，你小的时候就不爱说话。”

“你在看什么？我也要看。”

“好累啊，我走不动了。”

我试图找各种方法引他和我多说话，可是并没有什么好的效果，但我还是很开心，因为他的视线全部都在我身上。

我记得小的时候，有一年夏天，我们住的小区有一次放烟花，是那种很大很贵的烟花，可以飞得很高，开得很大。我拿着一根冰激凌，和很多很多的人站在广场上等着看烟花。

一朵，两朵，三朵，好多朵。我咬着冰激凌忘记吃了，冰激凌融化在我的嘴上，汁水顺着我的嘴角滑到了下巴上，我抬手去擦，突然听见后面有人喊我。

“银河！”

我回过头去看，黑色的夜空下，他亮亮地站在我身后七八米外，和他的几个朋友站在一起，傻傻地看着我笑。

我吓得赶紧转回了身子，使劲地擦着被冰激凌弄脏的嘴角，然后继续看着天上一朵朵烟花，心里也爆炸了。

我还记得那个晚上，他站在我身后七八米远的位置，和我一起看烟花。

燃放烟花结束之后，我依然没有再次回头去看他，而是一直往前走，然后越走越快，最后小跑着回了家。

我傻傻地想，只要我不回头，他就还在吧。

晚上回了酒店之后，他帮我试了试电源开关，看看电话是不是可以正常充电，试了试电视，试了试卫生间里的热水，确认都好着，于是起身说他该走了。

我站在门口看着他说："哦。"

"我明天早上给你打电话。"

"哦。"

"拜拜。"

"拜拜。"

他离开以后，我就把自己丢在了床上，捂着脸害羞地直哼唧。我在想什么呢？傻瓜。

我用被子捂住了头，然后再次抬起手，用食指和拇指交接的那块皮肤，轻轻地贴在自己的嘴唇上。嘴唇上的唇膏很多，滑滑的，腻腻的。

如果我和他在一起了，我就可以天天看到他了吧？我可以和他每天一起吃饭，我可以和他每天一起逛街，听喜欢的音乐，唱着走音的歌曲，或者只是赖在他的身上不动，感受着他的气味。

可是……

我每次想到这里，都是有疑虑的：我的皮肤很黑；我嘴角的形状不好看；睡觉的时候喜欢流口水；惊讶的时候，嗓音大得可以吓飞路上的鸟；我有点胖；头发两天不洗就会出油；懒的时候太多，不喜欢做饭，也不喜欢刷碗，还有其他好多好多的缺点。

我并不想让他看见。

我把这种爱又捂在了心里。我好多次冒出来这种想法——我想和他在一起，可是好多次又退缩了。

因为，他不止一次地和我说过：“分了，分手了。”

可是我不说，就得不到，就一点机会都没有了啊。我很急，也很难过。裹着被子在床上一直扭动，扭着扭着还不过瘾，裹着被子在床上跳了起来，像一条脱水的鱼，在干涸的土地上乱蹦，拍打着土地噼啪地响。

晚上10点，我忍不住给他发了条微信："你睡了吗？"

他没有回我，我拿起手机一遍遍地看，他都没有回我。我很担心，我一遍遍地回想今天和他说过的话有没有什么不妥帖的或者有什么会惹人烦的，想得头很疼，才发现，好像真的说了很多不该说的话呢。

"马上就要睡了，你也早点睡。"

"好。晚安。"

他没有回我，我抱着手机去洗澡，抱着手机吹头发，抱着手机好久都没有睡着。

一共在北京待了四天，我们一起吃了麻辣小龙虾、炙子烤肉，还有豆汁儿和焦圈。豆汁儿真是太难喝了，像下水道里的水，他说喝了对肠胃好，我捏着鼻子喝了下去。

他问我为什么不说要吃烤鸭，我说我没试过就不想吃。他说总要试试才知道啊。我没有看他，微微地摇了摇头。

万一一直想吃，怎么办？我要来北京吗？

回去的时候，我在飞机上深深地吐了一口气。啊，就这样比较好，我不说，那么关系就一直是这样的，不会时常联系，不会亲密，把本来属于我们的本就不太多的情感稀释，铺满我人生的每一个时间段。我不说，就一直是友情了吧，这样会比较长久吧。

友情比爱情更要牢靠和长久。

我一直都很怕开始一段关系，因为我知道，很多事情一旦喊了开始，就意味着有一个结束的期限，虽然有长有短，但我完全不能预估，我不知道每一段关系的长度是多少，所以我对于在乎的人和事，都是退缩的。

我希望自己可以碰到一个不那么喜欢的男生，然后等着他对我说："做我女朋友好不好？"我说："好。"

爱情终将归于平淡

下午两点半，阳光像融化在我身上一样，我的每一个毛孔都张开了嘴，大口地呼吸着空气，流下了口水。秋天也热，有时候秋天比夏天更热，它干燥，带着要燃起的样子。

夏银河和我说，晚上去她家吃饭，不见不散。

夏银河是我邻居家的小妹妹，夏银河喜欢我，可是我一直假装不知道。

因为刚办理了上一份工作的离职手续，所以并不急着上班，我妈说想我，于是我就回了哈尔滨，打算在家休息一段时间。

哈尔滨这个城市，到了冬天会很冷，总是会有厚厚的雪在路边，在树上，在房顶，在脚底下。

北方的人从来不会对雪厚实地压在地上而感到惊讶，对于几厘米到十几厘米被压得厚实的雪路，踩上去的踏实感和嘎吱嘎吱的声音而感到奇怪。雪路延伸到远方的目的地和其他的目的地没什么不同。

我大学毕业之后去了一次南方。那是一座小城市，下雪天是很少见的，雪落在人的皮肤上、衣服上、地上和树上，就会变成一个个的小水滴。有时候雪下得大了，路就会变得很难走，湿漉漉的，像踩在南方潮湿的空气里。

在我小的时候，每到下过大雪之后的晴天，我就坐在楼前的台阶上看雪，阳光照在雪上，会发出星星点点的亮光，像海洋的波光，像烟火，像闪闪的星星。

有时候，夏银河踩着新雪跑过来，她总爱穿五颜六色的带着各种花朵图案的鞋，嘎吱嘎吱地跳着踩过来，然后站在我面前低着头看着我说：“你又在看雪，这有什么好看的？北京没有雪吗？”

“北京没有雪啊，北京那么大，雪下得再多，也铺不满整个北京城啊。”

她歪着小脑袋，噘着小嘴，用大大的眼白翻我：“你骗人，我看过的，我在电视里看过的。”

呵呵呵，我低着头笑。

“喂，你到底在看什么？单北京，你到底在看什么？”

“看你啊。”

她坐到我身边，可能觉得有些冷，又一点点地蹭到我身边，紧紧地挨着我，“看我，我在这里吗？”然后瞪大了眼睛，仔细地看着雪。

“哪里有我？”

“你看，是银河啊。”

她听了以后，更瞪大了眼睛，更努力地去看：“哪里有银河，哪里呢？”

夏银河是我家的邻居，比我小一岁，是个永远有着好奇心的小姑娘，每次看见我，都要叽叽喳喳地问一大堆问题，比如我为什么叫单北京，比如北京都有些什么，好像这个世界上除了我，她没有别人可以说话一样。

我出生的时候，国家还在施行计划生育政策，我爸妈和她爸妈都只有一个孩子。独生子女在我们住的这个地方很普遍，所以你看到一个一个的小孩跟在父母的身边走，那种孤独也很普遍。

我爸妈总是觉得只有我一个小孩实在是太孤单了，而且我本身也是话很少，疼也不爱叫，委屈也不爱哭，所以他们一直都希望我能有个弟弟妹妹陪着我。

在我四岁时的一个下午，我正坐在家里吃着冰棍儿玩小汽车，突然听到门外有一个小孩子在哭，哭的声音很大，好像是出了什么事一样。

我爸妈赶紧打开门去看，找了半天，才看到是我家楼上的小姑娘在哭。她把家里的门打开，自己却没有出来，只是站在门口，张着大嘴巴，让自己哭得更大声些。

“你怎么了啊，小朋友？”

“我妈妈不要我了啊。”

“怎么回事啊？”我妈问我爸。

“可能是父母之前吵架了吧。”我爸也不知道，支支吾吾地回答我妈。

“那你爸爸呢，他不在家吗？”

小姑娘还在哭，不过因为要答话，声音就变得瓮瓮的：“我爸爸不在家，我爸爸出远门上班啦。啊，妈妈啊。”

我爸妈安抚了好一会儿也不见好，只要问话一停下来，小姑娘就继续扯着嗓子使劲地哭。他们俩实在不放心走开，担心一会儿来了坏人怎么办。

我妈没办法了，于是说：“要不，你先和阿姨去阿姨家吧，阿姨给你找妈妈。”

小姑娘红着眼睛，抽着鼻子说：“真的吗？可是我妈妈不让我跟别人走。”

“阿姨家就住在楼下，还有个小哥哥，可以陪你一起玩。”

可能是“玩”这个字的诱惑太大了，小姑娘居然就这么跟着他们来了。

我还在那里摆弄手里的小汽车，刚抬头想拿个小兵站在车旁边站岗，就看见一个眼睛红肿的小姑娘站在我身边，她的眼睛肿成了一条线，可是眼睛里的光还是直直地打在了我的小汽车上。

我看了她好一会儿，才问她要不要一起玩。她没回答我，但是头点得飞快，然后拉过身边的一把小凳子，就坐在我身边摆弄了起来。

其实夏银河的妈妈只是出去买些菜，想着黏人的小姑娘总要长大的啊，于是狠了狠心，就把她关在了家里。

夏银河一开始还自己在家哭个不停，后来发现自己哭得那么伤心都没人听，就抽抽搭搭地不哭了。也不知道怎么做的，她居然把门打开了，一个人站在门口，对着楼道继续号啕大哭，接着，就遇到了我爸妈。

夏银河的妈妈回家之后，发现夏银河不见了，吓得魂都丢了，跌跌撞撞地刚跑出家门，就遇到出门张望的我妈妈，这才放心。

夏银河当然挨了一顿揍，不过这次她没敢站在楼道里哭，而是第二天和她妈妈来我家道谢的时候，偷偷地告诉了我。

“我妈妈昨天打我屁股来着，可疼了，还捏我的脸。”她委屈地和我诉苦，好像这个世界上除了我，她没有别人可以说话一样。

夏银河是从小到大唯一和我贴得如此之近的同龄人，我们俩有很多重合的人生场景，这让我很轻松。

不用计较过去，她熟知你所有的生活习惯。

去年夏天的时候，夏银河大学毕业，来北京找我，我带着她转了转。

她变得更好看了，眼睛比我们第一次见面的时候还要亮。

我不知道是因为我，还是因为北京。

我不知道夏银河是从什么时候开始喜欢我的，可是喜欢一个人的样子是可以看得出来的，她的眉毛、眼睛都是为了你而笑，她支支吾吾说话的样子也是为了在你面前做一个更好的自己。

我很熟悉这种感觉，我曾经也喜欢过一个人。

后来，我们分开了，就像所有你知道的分开的情侣一样，没有永远在一起。

所以我并不想和夏银河在一起，我对她喜欢我这件事情装作毫不知情。

晚上的气温稍降了一些，可还是很热，我慢慢地走上楼，敲了敲夏银河家的门。

开门的是夏叔叔："北京啊，快进来，你阿姨正在厨房做饭呢。"

"今天是什么日子啊？银河说让我一定来吃饭，我脸皮够厚，闻着味就来了。"我一边换鞋一边笑着说。

"北京，你来了！"夏银河从厨房里跑出来，鼻子上带着汗，手上拿着菜刀。

夏叔叔吓得赶紧挡在我身前："快把菜刀放回去。"

她家还是我记忆中的样子，夏叔叔假装凶狠地训斥了她几句，夏阿姨就赶紧出来护着女儿。

等菜上桌的时候，我才知道为什么今天会喊我来吃饭。

今天吃的是海蟹，整整一盆海蟹，这是夏阿姨住在海边的亲戚每年秋天都会送过来的海鲜之一，当然还有皮皮虾、竹节虾等各种各样的大虾。

我没去北京之前，每年秋天这个时候，夏叔叔和夏阿姨都会喊我来他家吃海鲜，因为我爸和我妈不太喜欢吃海产品，所以只有我一个人来。我去了北京没几年，就好像把这里的习惯都丢掉了，重新回归的时候，发现其实曾经的自己过得很温暖。

小时候吃饭，总是要和别人抢着吃才觉得好吃，自己家的菜碗里也会时不时地有螃蟹，可是怎么吃都没有夏银河家的好吃。因为夏银河总是一边狠命地吃，一边凶狠地瞪着我手里的螃蟹，好像我吃的就是她家最后一只螃蟹似的，所以我吃得特别起劲，每次都吃得手指痛，牙齿也痛，饭后被逼着喝一口碗里的姜醋汁。

我看着满桌的螃蟹，嘿嘿地低声笑了起来。

"原来是有好吃的啊，怪不得夏银河一定要我来吃，这回怎么不护着了？以前每年都拦着我不让我进门的。"

“我哪里是那么小气的人！”说完，她抓起一只螃蟹就开始吃起来。

阿姨总是挑特别大又特别肥的螃蟹给我，夏银河很生气，噘着嘴，嚷嚷着“偏心啊偏心”，然后迅速地抢走我手里刚刚剥好的蟹肉，快速地塞到嘴里吃起来。

有人和你一起吃饭，享受着彼此都喜欢的食物，才是吃饭的意义啊。

我像好久没有吃过饭一样，专心地享受着每一口食物。

“北京啊，你在北京谈女朋友了吗？”夏叔叔突然问我。

我不解地看着夏叔叔，发现夏叔叔旁边的夏银河也突然抬起头来盯着我。

“没有，工作那么忙，哪有时间啊？”我下意识地回答着。

夏阿姨说：“北京的姑娘和老家这边的不一样，你要是没有，慢一点，阿姨给你留意几个。”

“妈，”夏银河不满地喊了一声，“你们是电视剧里催婚的亲戚吗？上次你看电视不是还说，怎么他们那么喜欢给别人介绍对象？”

夏叔叔和夏阿姨同时笑了起来。

吃过饭之后，我和夏银河一起在楼下散步，算是消食。

“单北京。”她没有抬头，一边低头走路，一边喊我。

“嗯？”她很少这么连名带姓地叫我，我很惊讶，突然又好像知道了接下来要说的话可能是什么，于是接着说，“渴了吗？要不我去给你买点水吧？”

“我不喝。”她抬起头来，认真地看着我。

“回来这么久了，也没说找你一起出去走走，改天我们去中央大街吧，我好久没去了。”

“好。”她没想到我会说这个，答了一声“好”，就没有再接着往下说。

晚上的车很少，好像大家都回到了家里，开始吃饭、看电视，消磨着时光。

小时候我总想着出去走走，觉得孤单可以在路上排解，一个人的时光也可以多很多附加品，附加在人生这段时光的某一个地方。可路走多了，还是觉得孤独。现在，哪怕是回想那段时间穿过的衣服、说过的话、买过日用品的超市的名称，都不太能想得起来了。

我突然有些伤感，抬头看了夏银河一眼，发现她正用同样伤感的眼神看着我。

我不知道夏银河是不是也会想这些，可是我不想让她成为我生命中附加的那部分。一切都会消失，永远不会重来，如果在路上走散，我们没有更多的纠葛，回忆起来也不会难过。

你停靠在一个码头，还会驶向下一段旅程。

“我们去买水吧，我渴了。”她说着。

没过几天，夏银河突然冲到我家门前敲我家的门。

咚咚咚。

她约我晚上去松花江边，她说那边出了一个烤玉米的，特别好吃。

中央大街是哈尔滨一个标志性的旅游场所，每年每个季节都会有很多人在这条街上行走，其中大多数是本地人，也有很多外国人。车水马龙，繁华非常。

晚上，中央大街上的欧式建筑会全部亮起光，还会有很多艺人在这唱歌、弹琴等。我每次走在这里，都有种穿梭时空的感觉，就像过去和现在交织在一起，它们没有变，我也没有变。

夏银河和我一人拿着一根冰激凌，她笑我像个游客，我也这么觉得。

漫长的路，每走一步都能感受到时间在脚下也跟着你在走，这种感觉很奇妙。

夏银河曾经说过，我一直看起来都很有疏离感，不是对某个人，好像是对全世界，对世界不关心，对所有的事情不关心。

我记得我当时回答的是："怎么会不关心呢，我也关心我未来的生活，下一份工作，为人处世的方法，还有很多想做的事情的。"

我只是习惯了孤独，生活的琐事我记不住，但是他们或深或浅都会给我留下印记，我不是不关心，只是不懂得表达。

就像我明明知道她喜欢我，却不能表达出知道这件事。

"你又在想什么，你怎么总是能把自己活得像外星人一样呢？"

"我哪里在想什么？"

她一下子跑到我面前说："没想什么，能连冰激凌滴到衣服上了都不知道？醒醒啊，不要走路也像在睡觉一样。"

我连忙低头看自己的衣服，果然被冰激凌弄脏了，刚要从口袋里掏出纸巾来擦，夏银河就早一步拿着手里的纸巾开始清理我衣服上的冰激凌了。

"你怎么这么傻呢？"她一边说，一边擦。

对呀，你怎么这么傻呢？

我看着她一点点地帮我清理着衣服上的污渍，突然发现我们是如此亲近的人，亲近到了解彼此所有的习惯。

松花江边的人也很多，我被夏银河拉着去很远的地方买烤玉米。她把玉米递到我面前的时候，我突然间觉得她不一样了。

是哪里不一样了呢?

小时候的她和现在的她是两个人了。

“你快尝尝是不是小时候学校门口卖的那种，我上次吃了以后，就突然想起了咱们学校门口那个烤玉米的，就一直想带你来尝尝。”

她咬着玉米，含糊不清地说着。

“你太久不吃这种东西，我带你找回点记忆。”

是啊，她说得对，和记忆里的她不一样了。

吃着味道熟悉的玉米，我开始觉得不那么孤独，好像玉米和她都存在于我的世界里。

我突然开始幻想有一个家。我曾经谈过几个女朋友，我很喜欢她们，她们都很美，而且身上散发的是未知的气息，她们带着她们生活的城市的气息，走过道路的泥土的气息，与生活相关的所有小事的气息。

我曾经很喜欢那种感觉，好像我在探索另一个世界，好像我正在和她们融合，好像这样可以让我不再时时刻刻地感受着孤单。

可是了解得越多，时间越久，反而越是孤单。因为争吵，因为生活习惯，我们很多时候不能彼此包容，彼此像是格格不入的一个外来者，怎么也融入不到对方的生活中去。

我总是想着跳进她们的世界，带着我离开，带走我的孤单，给我安慰，可是她们也想走进我的世界，她们也想从我这里获得温暖。

于是，从上一段恋情结束以后，我便不再尝试，我开始觉得是自己的问题，是自己格格不入，而不是别人。

人总是会遗忘身边的事物，总觉得那些是本来就存在的，一直也不会离开的。我以前以为我不会犯这样的错误，可我一直生活在错误里。

我看着身边的夏银河，突然感觉到温暖。

她和那些与我擦肩而过的路人不同，他们和我是陌生人，而夏银河是我生活中一直存在着的人，我以为她是隐形的，她是空气。

玉米吃完了，丢掉的时候，不会想起它曾经带给我那么美好的味道。

我觉得我不再孤单了。

很多人觉得，蜕变，需要我们经历过一件惊心动魄的事情之后才能获得改变的能力，可是渗入生活的每一个点滴改变，会在我们突然醒悟的时候变得更加惊心动魄。

“银河。”

她抬头看着我。

“银河，我有话想和你说。”

我有那么多的话想和她说，我从哪一句开始说呢?

天上的你、雪地里的你、站在我面前的你，我一直都是喜欢的。

我想你一遍，发现
我又爱上了人间

北京的雾霾很严重，一年四季当中只有夏天会稍微好一点点，每当我在雾霾天出门的时候，一天换两个口罩也没有觉得鼻腔和口腔能保持干净。

天灰蒙蒙的，没有雨要下下来。

下过雨后，空气会变得清新很多，可是雾霾的痕迹还留在路边停着的车身上。

2010年的秋天，我经常和郑安一起去奥体公园骑车，虽然雾霾天永远比晴天要多，但是我们还是会去，那时候，我们称呼那里为“迷雾中的森林”。

我们常常骑到满身大汗，停在长椅上休息的时候，已经脸红血热，所以并不会觉得冷，但是我们还是紧紧地坐在一起，看着并不能看到的蓝色天空，看着雾霾中的大树，看着为数不多的路人，空气中好像只剩下我们两个人粗重的呼吸声。

我常常问他：“这么大的雾霾，还在外面做这样的运动，会早死的吧？”

他说：“可是我还想和你做很多事情，我想把这些事全部都做一遍。”

我心里想着，其实只要两个人在一起就好，可他却怕年老的时候，没有可以让我回忆的、我们共同经历的美好。

我们一起吃饭的时候，他常常会问我想吃什么，我常常会回答“随便”，他会低头笑——笑得很无奈，不想让我看见。

我也不想说“随便”，和他在一起就好啊，对于吃什么我并不挑剔，我们吃过上千碗拉面，我们吃过上千条鱼，我们吃过上千顿火锅。

一开始我们吃遍了北京的大街小巷，吃过麻辣串、烧烤、云南菜、湘菜、粤菜等等。

后来，我们陆续吃了上千碗拉面、鱼和火锅。我不知道这是不是因为我说了太多次的“随便”。

他常常会问我和他在一起开心吗，我回他说“开心”。他还会问我还想做什么，我说，在一起就好，做什么我都觉得好。

2011年春天，北京的雾霾依旧很严重，郑安的工作变得越来越忙，我却依旧每天5点下班，周末双休。

他常常在公司加班加到深夜，因为要做广告，所以所有的节假日都有案子要做，整个公司都陷进提案的雾里。

我们说话的时间越来越少，在他可以休息的周末，我们也没有再去过“迷雾中的森林”骑车，他休息的大多数时间都在睡觉，他抱着棉被的时间远远多过抱我的时间。

然后，换我常常问他和我在一起开心吗。他说，开心。我说，这样的距离让我很不开心。他说我说得对，其实只要在一起就好，做什么都好。

因为他回来得晚，所以晚饭我也就常常一个人吃，一个人吃饭更加随便了——面包、泡面，还有路边摊。

如果我抬头看时钟，发现已经过了22点他还没有回来，我就会给他打电话。

“喂，你还在加班吗？”

“嗯，还有一点工作。”

“那你有吃饭吗？”

“吃过了。”

“你累不累啊？”

“还好。”

“我很想你。”

“我也是——我去忙了，爱你，拜。”

然后就是一连串电话挂断的嘟嘟声。

其实我们说的都是无关痛痒的话，其实我知道他还在忙，我知道的。

沉默比争吵更可怕，我们无法更靠近彼此，如果通过语言不能靠近，那么通过肢体贴得再近，也会有距离感。

我们之间的话，变得越来越少。

我们在彼此睡醒的时候，面对面的时间也越来越少，天气越来越冷，拥抱也不能让彼此感到温暖。

2011年春，他收拾了一些衣物说要去苏州做提案，要一周后才会回来，我说好，结果他再也没有回来。

我们从来没有说过分手，他没有用任何方式通知我，我也没有用任何方式追问过。

分开好像是彼此约定好的事情，我们相处过的时间，变成陪伴过彼此的重合线。

今年六月，北京天气很好，我坚持只要一有空闲就去奥林匹克公园骑自行车，阳光很好，晒得身上热乎乎的。我消耗着能量，然后产生热量，太阳消耗着能量，传递给我热量。

累了，我就停在一张长椅边休息。

因为天气渐好，行人也变得多了起来。

我看见一个男人从我面前骑行而过。

他和很多人一样，其实没什么特别的，长相也不是那么出众，戴着眼镜，微黄色的头发，穿着粉色的上衣。

我突然想起了郑安。

我想起我们曾经一起骑行时，经历过的所有雾霾天气，我想起我们穿越一片又一片的“迷雾中的森林”。

具体的事情我都想不起来了，曾经狠狠地摔倒在一棵树下的我为何在笑。

我就是这么莫名地想起了他。

我坐在长椅上，给他打了一个电话。

电话拨通的瞬间，那个穿着粉色上衣的男孩子骑着车子停在我面前，我连忙把电话挂断了。

“你知道这附近哪里卖水吗？”他问我。

我向着北边指了指说：“往这边骑十五分钟之后，就可以看见了。”

他向我道了谢，然后离开了。

我看着亮着屏幕的手机，手机上显示，通话时间“00:05”，我没有来得及和他说上一句话。这是我们分开以后我打过的第一个电话。

我们终究没有用任何方式说再见，我以为在这一刻我会怅然多过难过和伤心，没想到的是，在这通电话结束之后，我莫名其妙地开心。

后来我常常想起他——吃东西的时候、路过我们走过的路的时候。我想起他和我说，我们还要经历更多事情，不要在年老的时候回忆不起我们曾经任何的美好。

王家卫说，不再拥有，却可以令自己不要忘记。我回忆起了他的脸，回忆起他的眼睛，回忆起他说的每一句话，回忆起所有的一切。

回忆过后，我发现阳光真好，空气真好。

图书在版编目（CIP）数据

你是我提笔不敢写下的念头 / 纯之著. — 北京：北京联合出版公司，2017.1

ISBN 978-7-5502-9296-3

Ⅰ. ①你… Ⅱ. ①纯… Ⅲ. ①短篇小说—小说集—中国—当代 Ⅳ. ① I247.7

中国版本图书馆 CIP 数据核字 (2016) 第 292029 号

你是我提笔不敢写下的念头

作　　者：纯　之
责任编辑：喻　静
产品经理：周乔蒙
特约编辑：陶禹函

北京联合出版公司出版
（北京市西城区德外大街 83 号楼 9 层　100088）
北京联合天畅发行公司发行
北京山华苑印刷有限责任公司印刷　新华书店经销
字数：168 千字　880mm × 1270mm　1/32　印张：8.5
2017 年 1 月第 1 版　2017 年 1 月第 1 次印刷
ISBN 978-7-5502-9296-3
定价：38.00 元
